DE LIEFSTE MOEDER DIE IK OOIT KEN

Rita Spijker

De liefste moeder
die ik ooit ken

Met illustraties van Yoko Heiligers

Inhoudsopgave

Lied voor Gees

Als de deur opengaat word ik getroffen door de rode gezwollen ogen van de man in de gang.

'Harm Gradema.'

Zijn handpalm ligt even tegen de mijne. Ik kan een huivering niet onderdrukken bij de aanraking van die vreemde, vochtige huid. Snel trek ik mijn hand terug. 'Goedemorgen, ik ben Saskia Meersing. De uitvaartondernemer heeft u verteld dat ik zou komen voor een gesprek. Gecondoleerd met het verlies van uw vrouw.'

Ik volg hem de smalle gang door. De mosgroene ribfluwelen pantoffels aan zijn voeten slepen bij iedere stap over het zeil. Hij staat stil bij de openstaande deur naar de woonkamer.

'De vrouw voor de toespraak is er', zegt hij tegen een jonge vrouw die diep weggezakt zit in een lage stoel. En tegen mij: 'Dit is mijn oudste dochter. Koffie?'

Hij verdwijnt naar de keuken en ik loop naar binnen. Er zijn twee honden in de kamer. Ze grommen – nauwelijks hoorbaar, maar toch.

'Af, jullie!' zegt de jonge vrouw. Daarna steekt ze haar hand naar me uit. 'Geesje Gradema.'

'Saskia Meersing. U ook gecondoleerd.'

'Tegen mij hoef je geen u te zeggen, hoor.'

Mijnheer Gradema komt binnen met een thermoskan en een kopje. 'Ga maar zitten.'

Ik pak mijn tas en neem plaats. Als hij koffie heeft ingeschonken, gebaart hij naar de suiker en de pot melkpoeder. Ik bedank, ik drink mijn koffie liever zwart dan die vreselijke nepmelk te nemen.

'Ze was gek met honden. Gék. Altijd al geweest.'

Zijn stem krast door de kamer. Hij veegt een traan uit zijn ogen. Achter hem schemert, door de vitrage heen, een levensgroot beeld van een herdershond dat midden in het betegelde achtertuintje staat. Mijn arm ligt tegen een kussen met de afbeelding van een nest donkere pups, geborduurd in een grove kruissteek. Ook vanaf kussenovertrekken op de donkergroene bank waarop mijnheer Gradema zit, staren honden me aan. De zompige geur van natte vacht hangt zwaar in de kamer. In de zes jaren dat ik dit werk doe, ben ik nooit eerder in zo'n dierlijke bedomptheid geweest. Poep, pis en oud zweet zijn me vertrouwd, en ook aan de penetrante geur van langdurig medicijngebruik heb ik leren wennen. Maar deze natte hondenlucht is walgelijk. Als ik maar geen opvlieger krijg. Ik doe mijn best onopvallend door mijn mond te ademen.

Gradema kroelt met zijn vingers door de korte, rechte haren van de hond aan zijn voeten en haalt dan zijn mouw langs zijn ogen en zijn neus. Het dier kreunt, maar blijft doodstil liggen. Ik voel de behoefte mijn eigen handen met veel water en zeep te wassen.

Geesje komt met een zucht overeind. Ze is zo dik dat de stoel even op haar heupen blijft hangen. In een haast achteloze, gracieuze beweging schudt ze de leuningen los. Ik moet me inhouden om niet te blijven staren naar hoe ze voor me langs deint. Als een schip van vlees komt ze voorbij. Haar mollige handen, aan iedere vinger goud, pakken een pak tissues uit het donkerbruine wandmeubel. Ze gooit het naar haar vader. 'Hier pa, beheers je nou een beetje. Zo goed waren jullie nou ook weer niet met mekaar.'

Het is mijn gewoonte om niet direct met mijn interview te beginnen. De kennismaking, de sfeer en inrichting van een huis vertellen hun eigen verhaal. Waarom zou de jongste dochter er niet zijn? Van de uitvaartondernemer die me belde, heb ik begrepen dat ze er wel was op het moment dat haar moeder overleed. Het kind zal haar redenen wel hebben. De dood is uiteindelijk genadeloos in het blootleggen van gemaskeerde familierelaties. Veinzen blijkt in het gezicht van de dood moeilijk vol te houden. De afwezigheid van mijn oudste broer bij de begrafenis van onze vader kwam voor ons allemaal als een schokkende verrassing. Tot diens dood had broerlief gezwegen over vaders houding tegenover hem. Maar toen vader dood was, werd Reinout bang voor de vulkaan die al jaren in hem op uitbarsten stond. Hij trok zich terug en vertelde ons nadien in een onthullende brief hoe het gezinsleven voor hem geweest was. Goddank was moeder al dood, zij heeft er niets van hoeven meemaken. Daarom kon hij het ook, wegblijven. Je ouders bij leven de rug toekeren is voor een kind haast ondoenlijk. Na de dood is het nauwelijks gemakkelijker. De kracht van loyaliteit van kinderen aan hun ouders is onbegrijpelijk sterk en tegelijk verwarrend.

'Nou pa, begin jij maar. Ik moet zo weer werken.' Geesje ploft terug in haar stoel. Ze beweegt heen en weer om de kussens onder haar achterwerk vandaan te trekken. 'Die verrekte rothonden! Je flikkert ze na de crematie allemaal het huis uit, hoor. Moe heb het hier lang genoeg voor het zeggen gehad. Bijten doet ze toch niet meer! Pfff. Mijn moeder was een best mens, daar niet van, en we hielden heus wel van haar. Het blijft toch je moeder, maar we hoeven mekaar niet voor de gek te houden, ook al is ze dood. Dat hoef je natuurlijk niet allemaal op te schrijven.'

Ze haalt diep adem en neemt een slok koffie.

Gradema droogt zijn ogen met een tissue. 'Geesje bedoelt het niet zo kwaad, hoor. Ze is alleen precies haar moeder, het hart op de tong en geen moordkuil.'

Geesje snuift laatdunkend. Ze buigt voorover naar de tafel en tilt een plastic bakje met gevulde koeken omhoog. 'Ook een koek?'

'Nee, dank je.'

Ze neemt er zelf wel een en hapt er gretig in. De nabijheid van de dood maakt hongerig, vraag maar aan het bedienend personeel in crematoria. De geserveerde cake en broodjes worden er in abnormale hoeveelheden en in een waanzinnig tempo verslonden. Hij die eet, voelt dat hij leeft.

'Goed, mijnheer Gradema. Van de uitvaartondernemer heb ik begrepen dat u graag een spreker heeft bij de uitvaart, en dat er in de eigen familie niemand is om dat te doen. Daarom ben ik hier. Het is de bedoeling dat ik door dit gesprek een beeld krijg van het levensverhaal van uw vrouw. Ik maak aantekeningen, zodat ik er thuis een verhaal van kan maken. Dat kom ik tijdens de crematieplechtigheid voorlezen. Na afloop krijgt u de toespraak van mij op papier.'

Gradema zakt onderuit op de bank. Hij knikt.

'Zullen we bij het begin beginnen? Hoe hebt u uw vrouw ontmoet?'

'Op de kermis, toch?' Geesje is haar vader voor, ze schopt zachtjes maar onafgebroken tegen de buik van de hond aan haar voeten. Deze hond is klein, met kale plekken en waakzame oogjes. Af en toe trekt er een rilling over het vel. Toch blijft hij op zijn plaats tegen de stoelpoot bij Geesjes voeten liggen.

Mijnheer schraapt zijn keel. 'De eerste keer dat ik Gees zag, was op de kermis. Bij de schiettent. Ik was met een maat van me en ik pakte de buks op om te gaan schieten. Toen ik hem op mijn schouder wou zetten, stootte ik mijn elleboog recht in haar oog. Ze stond pal achter me.'

Terwijl hij vertelt, noteer ik zinnen en associaties: het begon met een elleboogstoot, kermis, Cupido's kogel. Ik ben extra zorgvuldig met feiten. Data, namen en woonplaatsen, die moeten precies kloppen.

'Ik won een plastic speelgoedhondje. Zo is het begonnen.' Hij wijst naar de kast. Ergens tussen de tientallen beeldjes moet het bewuste hondje staan. De inrichting van dit huis doet me denken aan die van een kermiswagen waar ik wel eens geweest ben – al dat goud en porselein, de vazen en tierlantijntjes. Alleen de uitbundig bewerkte vitrage ontbreekt.

Aan de voeten van Geesje laat de kleine hond een wind. Het is een zacht puffen, als de laatste lucht uit een bijna leeggelopen ballon, waarna de stank van rotte eieren de kamer vult. Geesje pakt een krant van de tafel en wappert ermee heen en weer. Ik probeer zo onopvallend mogelijk mijn neus dicht te houden.

'Ze had altijd al meer met beesten. Moe ging liever naar een nest pups kijken dan bij haar eigen dochters.' Geesje heeft de krant weer teruggelegd en schikt de gouden bedeltjes en het kruisje aan haar schakelketting. Dan vist ze met haar lange nagels een paar koekkruimels uit de diepe spleet tussen haar borsten. 'God, wat stinkt dat mormel. Jij heb toch eigenlijk óók een bloedhekel aan die honden, pa?'

'Ach kind, je leert ermee leven. Ik ben een mens met een hondenleven, zeg ik wel eens.'

'Ja ja, en moe was ons allemaal de baas! Wij mochten opzitten en pootjes geven als zij dat zei. Sta. Lig. Af. Jij zei ook altijd maar ja en amen, pa. Gooi d'r een muntje in en het knikt. Pfff. Nog koffie, eh, mevrouw?'

Ik haal voorzichtig mijn vingers van mijn neus. 'Nee, dank je. En jij Geesje, wat herinner jij je, als je aan je moeder denkt? Zijn er dingen die jullie graag samen deden? Speelden jullie spelletjes of maakten jullie wel eens uitstapjes? Wat deden jullie in het weekend?'

Ze houdt haar blik strak op de grond gericht. Kon ik maar meekijken met de film die ze daar ziet.

'Aan zondagen doen wij niet. En vrijdag is hier altijd visafvaldag.'

Een woedende ondertoon geeft haar stem iets vibrerends. Ik verberg mijn schrik door me over mijn schrijfblok te buigen en verwoed te schrijven. Sinds ik aanwezig was bij een hevige ruzie tussen twee broers op leeftijd ben ik huiverig voor elk spoor van woede en agressie. Het was zielig en tegelijkertijd een klein beetje lachwekkend, maar dat vond ik pas achteraf. In het heetst van hun twist om moeders liefde was ik doodsbang. Er had een neusbeen afschuwelijk gekraakt en er waren bloedspetters op mijn jurk gevlogen. Tijdens de dienst hadden ze toch naast elkaar gezeten, ik hield ze voortdurend in de gaten tijdens mijn toespraak. Naderhand bedankten ze met een envelop die ze me ongezien in de hand drukten. Er zat honderd euro in. Dat vond ik ontroerend, dat ze kennelijk samen hadden nagedacht over wat ze die mevrouw van de toespraak zouden geven voor een nieuwe jurk.

'Sommige honden zijn volgens haar echte viseters. Als om vijf uur de markt was afgelopen, moesten wij met haar mee om het visafval te verzamelen, in ouwe kranten. Zij onderhandelde achter de kramen met de visboeren over wat het moest kosten. Vanaf vrijdagavond stonk het hele huis naar vis. Daarna begonnen de honden zelf te stinken. Zaterdags was het kookdag, dan maakte ze voor de hele week smerige vismaaltijden om in te vriezen. In het schuurtje staat een aparte hondenvriezer. Het hele weekend hing hier de gore lucht van gekookte pens met brokken vis in huis. Zondag was het asieldag. Dan ging ze kijken of er wat bij zat. Of dat er nog eentje mee moest. Door de week hielpen we de hokken schoon te maken. Daar was ze schoner op dan op onze slaapkamers, wij moesten onze bedden zelf maar verschonen. En dan die haren. Altijd. Op school zeiden ze dat we stonken naar natte hond. Ja pa, je zit daar nou wel te knikken en te schudden met je kop, maar heb ik gelijk of niet? Jij moest toch zelf naar het logeerbed verhuizen als er weer een zielige pup bij haar in bed moest?'

Mijnheer Gradema gooit de doos tissues naar zijn dochter. Ze trekt er een uit en veegt haar tranen hardhandig weg.

Het doet me haast fysiek pijn het kinderlijke verdriet in dat enorme lichaam te zien. Weer een dochter die zich miskend voelt door haar moeder. Hebben we het te druk met onszelf?

Silvia en ik praten thuis eigenlijk ook nauwelijks. Of het gesprek gaat over anderen, dat is veilig. Zouden we bang zijn voor elkaars teleurstelling, is dat het?

'Tja kind, we hebben het niet altijd voor het zeggen, hè. Je moeder was nou eenmaal een vrouw die wist wat ze wilde. Schrijft u dat maar op, mevrouw. En dat Gees een vrouw was die een goed hart had voor beesten. Ze heeft een keer een heel nest puppy's van de verdrinkingsdood gered. Ze kon niet tegen dierenleed...'

'Pfff, als het erop aankwam, gingen de beesten altijd voor. En jij ging er nooit tegenin, pa! Ziet u hier foto's van ons? Ja, die twee kleintjes daar. Verder alleen maar hondenkoppen!'

Ze snikt en snuift terwijl mijn ogen de vragenlijst scannen. Waar is de andere dochter? Ik heb meer informatie nodig om een toespraak te kunnen houden. Waar mevrouw Gradema van hield is me wel duidelijk, en wat ze zoal deden in dit gezin ook. En dat ze zelf geen afscheidsrede kunnen houden, dat kan ik me inmiddels voorstellen.

'Zo, tijd voor een borrel. Mevrouw lust vast ook wel een hartversterkertje?' Mijnheer is opgestaan en klapt het deurtje open van de eikenhouten ton die in de hoek van de kamer staat. Ik zie drie volle jeneverflessen staan. Hij neemt er een uit, pakt drie glaasjes uit het wandmeubel en begint te schenken. Ook al is het pas half twaalf 's ochtends, ik heb geleerd om mee te bewegen. Dan praten de mensen makkelijker.

'Op Gees, dat ze maar in de hondenhemel mag zitten. Daar ga je, meid!' Hij giet de jenever in één teug achterover en laat zich in de kussens van de bank zakken. 'Daar hield ze niet zo van, dat ik graag een borreltje drink. Maar ik zeg maar zo, ik zeg maar niks...'

'Als u uw vrouw moest karakteriseren in enkele zinnen, of woorden, wat zou u dan zeggen?'

Geesje is verdiept in haar eigen film en poetst afwezig haar dunne gouden armbandjes met een tissue. Haar vader staart

– 17 –

in zijn glas en haalt luidruchtig zijn neus op voordat hij antwoordt. 'Gees was een vrouw die de boel draaiende wist te houden. Op de kermis al, toen ze mijn elleboog in haar oog kreeg, piepte ze niet maar daagde ze me uit om alsnog in de roos te schieten. "Toe dan, toe dan, als je een echte vent bent schiet je raak." Ik was me doodgeschrokken en wilde zien of ze gewond was, ik wou haar wel een drankje aanbieden voor de schrik. Maar zij stond naar mij te kijken met dat ene vuurspuwende oog dat me uitdaagde om te laten zien dat ik een vént was. Een kerel met het lef tegen haar in te gaan. Met een eigen mening. Maar ik deed precies wat zij van mij vroeg.' Voor de zoveelste keer veegt hij het vocht uit zijn ogen en van zijn bovenlip. 'Ik schoot nog een keer en nog een keer. Ik miste elke keer. Toen kreeg ik als troostprijs dat speelgoedhondje. Maar later die avond gaf ze me de hoofdprijs. Zo zei ze dat. "Jíj krijgt van mij de hoofdprijs, jongen. Achter de zweef." Tja.'

En toen schoot hij vast wél in een keer raak.

Geesje lijkt mijn gedachten te raden. 'Een paar maand later moesten ze trouwen, en weer een paar maand later werd ik geboren.'

Hij knikt naar zijn dochter en schenkt zijn glas nog eens vol. Zijn handen beven wanneer hij de dop op de fles draait.

'Maar ja, zoiets kan je natuurlijk niet zeggen op een crematie. Zeker niet op die van haar eigen...'

Hij valt stil. De hond aan zijn voeten heft zijn kop op en gaapt. Ik huiver bij het zien van het glanzend roze-rode vlees en de speekseldraden tussen de kaken. Waarschijnlijk heeft mevrouw Gradema honderd keer meer aandacht gegeven aan dit beest dan aan haar dochter. Zou Geesje dat iedere keer denken als ze hier komt? Schenk ikzelf eigenlijk wel genoeg aandacht aan Silvia? Sinds ik slecht slaap en voortdurend overvallen wordt door opvliegers en hormonale buien, heb ik weinig ruimte voor haar.

'Ziet u, mevrouw, hoe verdrietig dat beest is? Die hond heeft zijn voer niet meer aangeraakt sinds Gees... Gisteravond niet, vanochtend weer niet. Straks gaat ie haar achterna. Dat hoor je wel vaker, hè, dat ze hun baasje achterna gaan. De andere honden zijn ook verdacht stil. Hebt u ze al horen blaffen?'

Hij kijkt naar het plaatsje met het beeld van de herdershond. Dan leegt hij zijn glas opnieuw in een snelle, korte teug.

Geesje zucht voordat ze spreekt, de sieraden rijzen en dalen mee op de deining van haar boezem. 'Mooi rustig, toch? Zeg pa, ik moet gaan. Ze hebben me weer nodig in de winkel.'

Voordat ze vertrekt, wil ik graag nog iets over haar zus weten.

'Geesje, ik wil je, voordat je gaat, nog één ding vragen. Over je zus, zou zij nog komen?'

'Diane? Met die weet je het nooit, die trekt haar eigen plan. Ach mevrouw, drie jaar geleden heeft ze hier op de oprit een van de teckels doodgereden. Ze had de auto niet op de handrem gezet. Dat heeft mijn moeder haar eigenlijk nooit kunnen vergeven. Vandaar dat ze hier niet graag meer komt. Daarom heeft mijn pa het ook aan zijn rikketik.' Ze legt een hand op haar linkerborst en hijgt een beetje na het moeizaam opstaan uit de stoel. 'Ja ja, iemand die van dieren houdt kan niet slecht zijn, zeggen ze dan ook nog...'

'Mag ik nog weten wanneer je zus geboren is?' Ik heb ooit een vreselijke fout gemaakt. Drie interviews in een week was kennelijk te veel, en bij het uitschrijven thuis moet ik dingen door elkaar gehaald hebben. De schrik op de gezichten van de nabestaanden bij het horen van de hun onbekende namen, ik zal het nooit van mijn leven vergeten. Sindsdien check ik feiten en data liever dubbel.

'Welke zus? Bedoelt u Diane of de zus na haar? Of die na mij?'

Vanuit de slordige rij schuurtjes achter op het plaatsje klinkt plotseling een huiveringwekkend gehuil, alsof er een dier mishandeld wordt. Een andere hond valt in. Geesje, haar vader en de beide dieren aan hun voeten verstijven. Met opgeheven hoofd luisteren ze naar het wolvengehuil. Vanuit mijn nek verspreidt zich een ijskoude rilling langs mijn rug. Toen ik elf was, heb ik eens gezien hoe een jong konijn werd gepakt door een kat. Het halfdode diertje gilde net zolang tot de kat zijn hoofdje eraf scheurde. Ik had niet geweten dat konijnen geluid konden voortbrengen. De weken erna had ik nachtmerries van het hartverscheurend gillen.

'Blijf! Zit en blijf!' Mijnheer Gradema is opgestaan en spuwt de woorden naar de honden tussen ons.

Zonder nog acht op mij te slaan, volgt Geesje haar vader naar buiten. Door het raam zie ik hen op het plaatsje verschijnen. Geesje blijft staan en legt haar rechterhand op de kop van de grijze stenen herdershond, haar vader loopt door naar de hondenhokken. Het geluid dat de honden maken wordt nog sterker als hij in de hokken verdwijnt. Dan, plotseling, valt het stil. Mijn handpalmen zijn klam geworden, ik veeg ze af aan mijn broek en neem een slokje van de borrel.

Geesje haalt een pakje sigaretten uit de zak van haar wijde tuniek en steekt er eentje op. Ze inhaleert en laat dan de rook in lome golfjes uit haar mond ontsnappen. Alsof ze niet weet hoe te blazen, geen kracht heeft. Ze rookt met de sloomheid waarmee Silvia iedere dag uren op de bank ligt. Mijn dochter mag dan slank zijn, ze beweegt alsof er duizend kilo's aan haar vastzitten die ze mee moet slepen. God, wat irritant, waarom doen die jonge meiden allemaal zo dramatisch. Alsof ze veroordeeld zijn tot het verschrikkelijke lot dat hen getroffen heeft: het leven. Silvia nam een jaar vrij na het behalen van haar diploma. Om te reizen, mam. Om wat van de wereld te zien en te bedenken wat ik wil, pap. En? Niets is ervan terecht gekomen, ze ligt dagenlang languit op de bank. Het enige wat aan haar beweegt zijn de vingers waarmee ze de afstandsbediening van de televisie hanteert. Ik had me stiekem verheugd op een paar maanden met Leo, zonder kind. Laat die jonge meiden in godsnaam in actie komen in plaats van lijdzaam gevulde koeken te vreten en hun tijd te verdoen met op de bank hangen. Alsof het voor ons allemaal zo makkelijk is. Een vrouw in de overgang zou vrijstelling moeten krijgen. Van werk, huis en kinderen. Alsof ik hier voor mijn lol in die gore hondenlucht zit te stinken. Als ik mevrouw Gradema was, was ik er ook tussenuit geknepen.

Mijn wangen worden warm van deze gedachten, ik verdrijf mijn opwinding met de hitte van de jenever. Ik neem een tweede slokje, en nog een.

'Er ligt ontdooide pens naast de vriezer. De kwaaie heb honger, geloof ik.' Mijnheer Gradema's stem weergalmt tussen de muren van het huis en de schuurtjes. Geesje blijft staan, beweegt alleen de hand die haar sigaret traag van en naar haar mond brengt.

Ik pak mijn aantekeningen er weer bij. Heb ik het nou goed begrepen dat er behalve Geesje en Diane nog twee dochters zijn? Ik zet mijn lege glaasje op tafel en ga voor het raam staan. De groezelige gordijnen bewegen zacht heen en weer op mijn adem, ze ruiken naar oude vaatdoeken.

Boven de schutting verschijnt een vrouwenhoofd, links van waar Geesje staat te roken. 'Even een pafke, meid? Het is me ook wat, van je moeder. Heb je bezoek?'

'Ja buurvrouw, de vrouw die een toespraak gaat doen op de crematie.' Geesje laat de peuk uit haar hand vallen en loopt naar het schuurtje. 'Pa? Ik moet weg.' Dan draait ze zich weer om. Ze staat lichtjes heen en weer te wiebelen, alsof ze zich op een golvend vlak bevindt. Ze opent haar mond. 'Daar lag ze, plof, in één keer weg.' Ze praat tegen het vrouwenhoofd en wijst naar de tegels onder de waslijn. 'Zomaar dood, in één keer. Met kletsnatte lakens over haar heen. Net of ze al was afgelegd.' Aan het schouderschokken zie ik dat ze huilt.

Het hoofd verdwijnt en even later komt de buurvrouw door de deur in de schutting gelopen. Hoofdschuddend slaat ze haar armen om Geesjes lichaam. Ze komt niet verder dan Geesjes flanken. De honden zijn weer gaan blaffen, zachter dan daarnet, en gelukkig zonder dat verschrikkelijke janken.

Ik stel me voor hoe Gees onder een lijn vol schone, natte lakens in elkaar zakte en tegen de koude tegels tot stilstand kwam. Wat zou ze gedacht hebben? En waar waren de honden, zouden ze iets gemerkt hebben en hun longen uit hun keel hebben geblaft?

Mijnheer komt de kamer binnen. 'Blijffff!' De twee honden zakken door hun achterpoten, ze trillen van de moeite die het kost om te gehoorzamen. De staart van de kleine zwiept ritmisch tegen mijn enkel. 'Die honden, het zijn net kinderen, hè.'

Ik schud mijn hoofd om me los te maken van het beeld in mijn hoofd. De alcohol maakt mijn knieën een tikkeltje slap, ik moet zorgen dat ik nog even heel goed oplet. 'Mag ik nog een paar dingen vragen? Wie heeft uw vrouw gisteren gevonden?'

'Diane. Of, om precies te zijn, Dianes nieuwe vriendje. Ze kwamen achterom met de brommer, hij zag Gees het eerst liggen. Ik was zelf boven, ik wist van niks. De dokter zei dat ze een hartstilstand had gehad. Een acute hartstilstand. Ze heeft de was maar half op kunnen hangen.' Hij gaat zitten, opent de fles en wil mij bijschenken.

'Nee nee, dankuwel.'

Hij schenkt zichzelf in, heft het volle glas en legt zijn hoofd in zijn nek. 'Proost, meidje. Daar ga je.'

'Zijn er nog mensen die genoemd moeten worden? Kleinkinderen, broers of zussen? Geesje had het zonet over nog twee kinderen?'

Een lange zucht begeleidt het glas terug naar de tafel. Door het raam achter hem zie ik de twee vrouwen staan, beide rokend. Geesje blaast nu met kracht lange, horizontale banen over het hoofd van de herder.

'Geesje had die grote mond van d'r dicht moeten houden. Maar inderdaad, er zijn nog twee meiden. Die heeft... nee, die hád Gees met een ander.'

Hij vouwt zijn vingers ineen en beweegt zijn rechtervoet tegen de hals van de hond. De kleine met de kale plekken is kennelijk jaloers, want hij begint zich tegen mijn benen aan te schurken. Ik duw hem voorzichtig weg, maar hij weet van geen wijken en gaat op mijn voeten liggen. Ik wapen me tegen nieuwe winden door mijn hand vast tegen mijn wang te leggen.

'Ziet u, mevrouw, toen op de kermis had ik het al kunnen weten. Gees had niet alleen een hoofdprijs in de aanbieding, maar de hele rimram: de eerste, de tweede en de derde prijs én de troostprijs. Ik schenk nog eens in. Een mens moet zijn waterhuishouding op peil houden. Ah, u lust er ook nog wel een, zie ik. Proost. Gees had een groot hart, daar pasten makkelijk meer kerels in. Dat wist ik vanaf het moment dat ik haar ontmoette... Na mij mocht mijn maat zijn prijs ophalen. Ook achter de zweef.'

Ik weet niet wat ik moet zeggen en slurp voorzichtig de bolle bovenkant van mijn verse borrel.

'Van mij hield ze het eerst, zei ze, daarom zijn we getrouwd. Maar vlak nadat kleine Geesje was geboren, ging Gees de hort op. Ze liep weg naar een kerel die ze kende van de hondenfokkerij en kreeg een kind van hem, ook een meidje. Tot ze op een goed moment zat van hem was en weer terug naar hier kwam. En ik, ik hield van haar, ik kon er niks aan doen. Een jaar later kwam Diane, onze kleine prinses. En toen kreeg Gees het weer op haar heupen en vertrok ze nog een keer. Daar kwam weer een kleine van. Zodoende zijn er vier, allemaal meiden. En toch was ze een beste vrouw. Ze heb de boel nooit door mekaar gehaald, ik bedoel, ze wist waar de meiden thuishoorden. En ze wist net zo goed waar mijn grens lag, daar heeft ze zich aan gehouden.'

Ik probeer me voor te stellen welke grenzen hij bedoelt. En wat zich hier, tussen de honden, allemaal heeft afgespeeld.

'Diane en Geesje zijn echte zusters. Het is jammer dat dat verhaal met die teckel ertussen is gekomen. Je maakt wat mee.

Nou mevrouw, nu heb u uw verhaal. Dat laatste hoeft er niet in, in de toespraak, lijkt mij zo. Dat vegen we maar onder het gras.'

'Wat wordt er onder het gras geveegd?' Geesje blijft in deuropening staan. Iets in haar gezicht, de fijne wenkbrauwen misschien, of de volle onderkin, doet me aan een hond denken. De gelijkenis verdwijnt tegelijk met de beweging waarmee ze haar jas van de stoel pakt. 'Nou?'

Haar vader zwijgt. Geesje blijft haar vader aankijken en ineens realiseer ik me wat het is. Het is de toon van haar stem, ze praat afwisselend blaffend of klagend.

'Dat je moeder nog twee dochters heeft, daar zal ik het in mijn toespraak niet over hebben.'

'Oh. Dat is maar goed ook, dat kun je inderdaad beter onder de mat vegen.' Ze trekt haar jas aan en slaat een sjaal om haar schouders. Onwillekeurig moet ik weer aan Silvia denken. Welke dingen zou zij onder de mat willen vegen? Kon ik het haar maar vragen, gewoon op de man af. Maar Silvia houdt niet van persoonlijke gesprekken, ze leest liever een tijdschrift. De intimiteit tussen mij en nabestaanden die ik een of twee uur spreek, is zo veel groter dan die met haar. Hier lukt het me wel persoonlijke vragen te stellen. Maar hier word ik dan ook niet afgesnauwd, sterker nog, vaak zijn mensen me dankbaar voor de diepgang van het interview. Dan hebben ze dingen verteld waar ze zelf versteld van staan. Het zal de afstand zijn die het spreken makkelijker maakt. Geen loyaliteit, geen bindingen. Het maakt me onverwacht verdrietig.

'Het stinkt hier, pa, naar zweetvoeten en klamme lappen.'

'Ach kind, als je maar lang genoeg wacht gaat alles vanzelf voorbij.'

Buiten begint een hond te janken, traag en oneindig bedroefd.

Het grote dier aan de voeten van mijnheer Gradema spitst zijn oren. De hond die bij mij ligt heft zijn kop hoog en echoot, heel zacht en ingetogen haast, het janken van buiten.

Geesje zakt op de stoel bij de tafel. Ze buigt haar hoofd en luistert bewegingloos. Ook ik luister, getroffen door de emotie die de dieren met hun stem veroorzaken. Een andere hond, ergens verder weg in de straat, valt in.

Met gesloten ogen, achterover geleund tegen de rug van de bank, heft mijnheer Gradema zijn hand op. Zijn opgestoken wijsvinger beeft. 'Hoor, een lied voor Gees.'

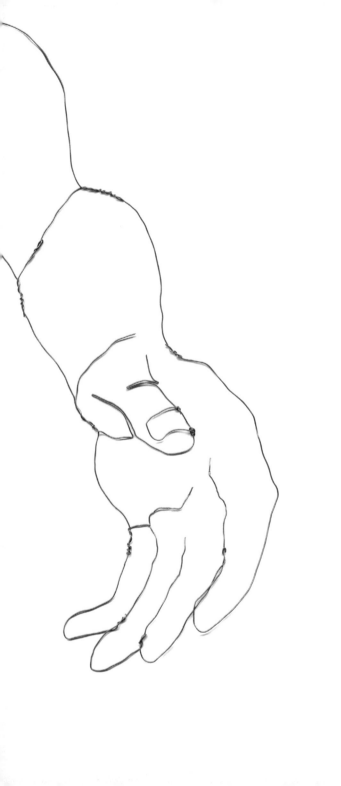

Het cadeau 1

'Gatver, Ingrid! Hoe kom je daar nou bij?'

'Omdat het al zo lang geleden is. Ze is al zeven jaar weduwe!'

'En al die tijd geen man en dus geen seks.'

'Nou ja, misschien heeft ze een vibrator.'

'Hou op! Ik wil het niet weten.'

'Luister Loes, een mens gedijt op huidcontact.'

'Dat weet ik ook wel. Daarom worden oude mensen mager en krimpen ze. Maar een erotische massage...'

'Die masseurs zijn ervoor opgeleid, hoor.'

'Nou en? Het blijft seks.'

'Doe niet zo preuts. Dat hoeft mama toch niet te weten?'

'Dus onder het mom van een wellness-behandeling krijgt ze iets anders, iets extra's.'

'Precies.'

'En als ze zich nou doodschrikt?'

'Dat zou een mooie dood zijn.'

'Ingrid!'

'Zullen wij het anders eerst eens uitproberen?'

'Je bedoelt hopelijk niet dat wij gaan voorproeven.'

'Waarom niet? Proberen kan geen kwaad.'

'Heb je ervaring of zo?'

'Nee.'

'Hoe kom je er trouwens bij?'

'Mama heeft immers alles al. En om nou weer met een vvv-bon aan te komen...'

'Ik bedoel: dít idee.'

'Uit een tijdschrift.'

'Wat voor tijdschrift?'

'Gewoon, een damesblad.'

'Een seksblad zeker, met ervaringen van huisvrouwen.'

'Wat maakt dat nou uit. Er staan adressen in, daar hebben we wat aan.'

'Maar het is toch gewoon goor? En het lijkt me nog gevaarlijk ook.'

'Ach meid, echt niet. Mij lijkt het wel wat. Zal ik eens googelen?'

'Dat heb je vast al gedaan.'

'Kijk hier: deze noemt zich "Warmehanden".'

'Dat klinkt inderdaad ongevaarlijk. Maar bedoel je nou dat wij het samen gaan uitproberen? Tegelijk?'

'Lieverd, een triootje met jou? Ik zou niet durven. Gewoon om beurten. Ik wil wel eerst.'

'Klaar terwijl u wacht.'

'Ha ha, zoiets ja. Wacht jij maar lekker buiten op je beurt.'

'Gewoon een massage kan toch ook, zonder seks en toestanden?'

'Maar dit is geen seks! Het is hoogstens een beetje spelen. Je gunt mama toch wel iets bijzonders?'

'Dat wel, maar...'

'Van wie heb jij die preutsheid toch?'

'En van wie heb jij die obsessie met erotiek?'

'Geen idee. Zal ik maar eens bellen om te informeren? Dat kan geen kwaad.'

'Nou, goed dan. Maar als het niks is?'

'Sst. Dag, spreek ik met Warmehanden? Onze moeder wordt vijfenvijftig... Aha. Ouderenkorting en etherische olie... Maar nu willen mijn zus en ik graag eerst... Ja, precies, verkennen.

Inclusief de *yoni*-wellness? Nou, doe maar. Ik mail je het adres. Acht uur. Grote handdoeken en warm stoken, doe ik. Goed, tot vanavond.'

'Hoezo, vanavond? En welk adres? Ik ga écht mijn adres niet geven.'

'Rustig maar zusje. Relax, dit wordt leuk. We huren een hotelkamer, ik betaal.'

'Hotel? Je bent gek.'

'Hier, moet je kijken. Zou dit hem zijn? Niet gek.'

'Ja, en die wil jij in een hotel laten komen? Welk hotel, trouwens?'

'Doe niet zo opgefokt. Ik heb al een beetje voorwerk gedaan, gewoon, voor de zekerheid.'

'Ingrid! Je hebt dit voorbereid. Gatver, je doet dit vaker, hè?'

'Lieve schat, echt niet. Het was gewoon een leuk idee, weer eens wat anders dan een golfclinic of een lesje Nordic walking.'

'En wat hoorde ik over *yoni*? Wat is dat in godsnaam?'

'Gewoon, je Loezepoes een beetje laten verkennen en verwennen. Met warme handen, zonder seks.'

'Dat noem jij geen seks?!'

'Nee. Het kan ook met een slipje aan. Jij bent de baas. Geef lekker instructies, zou ik zeggen.'

'Papa zou zich omdraaien in zijn graf.'

'Papa zou zich doodlachen dat we dit voor mama doen.'

'Maak er maar grapjes over.'

'Kijk nou eens naar het lichaam van die man. Die armen, die handen over je lijf, etherische olie...'

'Ik begrijp echt niet wat daar etherisch aan is. Die man is één bonk opgepompte spieren.'

'Ja, en die man is vanavond helemaal voor ons. We kunnen mama toch niet zomaar blootstellen aan zoiets?'

'Je hebt gelijk, we moeten het testen. Nou ja, jij in ieder geval.'

'We moeten het gewoon zeker weten. En als je echt niet wilt, Loes, dan blijf je lekker in de lobby aan de bar hangen. Desnoods neem ik de tijd die over is er wel bij. Als het moet.'

'Je moet sowieso je mobiel aan houden, Ingrid. Ken je het alarmnummer?'

'Zo mag ik het horen, zusje, je bent een echte bodyguard.'

'Nou ja, stel je voor...'

'Ja, stel je voor.'

'En het kost een hoop centen, dus het moet wel echt iets zijn.'

'Dat hebben we ervoor over.'

'Ja. We doen het voor haar.'

'Precies, we doen het voor mama.'

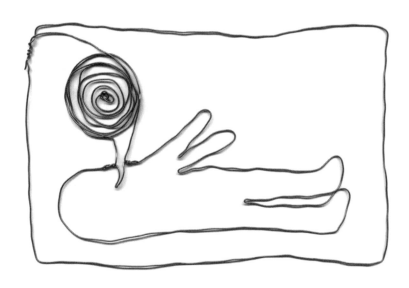

De liefste moeder
die ik ooit ken

Ik stel me de weg voor die moet worden afgelegd. Eerst met de lift, of twee, misschien drie, trappen af. Door een lange onderaardse gang met aan weerszijden deuren. God weet wat zich daarachter afspeelt. Langs de wasserette vol sissende wolken stoom, de helse hitte, de herrie. Ik zie ze voor me, de in lange schorten en rubber handschoenen gehulde gestaltes, de metalen bakken waarboven groene lakens met operatieresten worden uitgeschud. Daar voorbij, waar de gang uiteindelijk doodloopt, wachten de zware deuren. Geruisloos zullen ze openzwaaien. Hier ergens is mijn kind. Nog voordat we haar kunnen begraven, ligt ze onder de grond.

Misschien moet er gezocht worden, wie weet hoeveel lijken er worden bewaard. De lichamen zijn natuurlijk voorzien van een nummer. Mijn kind heeft een nummernaam op een plastic polsbandje. Als ze gevonden is, zal met grote zorgvuldigheid een dekentje over haar heen gedrapeerd worden, zodat niemand tijdens haar reis naar boven onverhoeds geconfronteerd wordt met een langskomend babylijkje.

Ik zie het voor me, het doorzichtige plastic wiegje op wielen, met daarin verborgen mijn baby, voortgeduwd door een kordate verpleegkundige. Ze nemen de lift omhoog uit de onderwereld, en voort gaat het. Onder het licht van de tl-buizen over het glanzend gewreven linoleum van kilometers lange gangen.

Zouden ze minidekentjes van gele wafeltjesstof hebben? En wie zou die maken? Hoe zal het zijn als de verpleegkundige, wanneer ik genoeg moed verzameld heb, het dekentje langzaam zal wegtrekken?

Het snorkende geluid dat de stilte verscheurt komt uit mij. Lea zou mijn verdriet niet steeds moeten zien. Niet dit gieren, dit ongecontroleerde huilen dat me voortdurend overvalt.

'Hier lieverd, kom.' Paul staat al naast me, met een paar tissues die hij uit de doos heeft genomen. Het beste is om heel stil te blijven liggen, me niet te bewegen. Mijn adem in te houden tot het over is. Maar de rauwe pijn laat zich niet zomaar beteugelen. Voor iedere snik boet ik met de pijn van gloeiend ijzer in mijn buik en stompende steken door mijn afgeklemde borsten.

'Neem Lea mee, Paul, alsjeblieft.'

Paul geeft me de tissues aan en knikt.

Ik draai mijn hoofd naar Lea. 'Lealiefje, laat mama maar eventjes alleen huilen, dan is het straks weer over. Zul je lief zijn bij oma?'

Paul tilt haar op, haar lippen vlinderen langs mijn voorhoofd. Dan klinkt haar stemmetje, boos en smekend. 'Waarom huil je de hele tijd, mama? Je hebt mij toch nog?' Ze kijkt naar haar nieuwe knuffel. Met een onverwachte zwaaibeweging biedt ze me het hondje aan. 'Neem jij hem maar een nachtje.'

Paul glimlacht kleintjes. Hij drukt Lea stevig tegen zich aan en haalt de mouw van zijn trui langs zijn neus. 'Dat hoeft niet, liefje. Mama krijgt straks een knuffelpilletje van de dokter, dan kan ze heel fijn slapen. Puppy gaat met jou mee naar oma. Zeg mama maar dag.'

Lea zwaait. 'Dag mama.' Met haar andere armpje drukt ze het harige hondenlijfje stijf tegen zich aan.

'Ik kom straks nog even terug. Gaat het?' Pauls stem is dieper dan ooit. Het is een stem die te moe is om zich te laten horen.

'Het gaat wel weer. Ga jij ook maar even slapen. Tot straks.'

Terwijl ze in de deuropening staan, passeren in de gang groepjes mensen met armen vol bloemen.

Paul en Lea zwaaien nog een keer, dan valt de deur achter hen dicht.

Ik sluit mijn ogen en val in een onrustige sluimerslaap. Was het werkelijk pas eergisteren? Ik doe mijn best aan iets anders denken maar ik tuimel regelrecht de donkere tunnel in, naar het begin van deze nachtmerrie.

De eerste aanzet van het mes in mijn buik meen ik te voelen. Boven me beweegt het gezicht van Paul, zijn mond en neus zijn verborgen achter een mondkapje. Zijn vingers zitten strak om de mijne geklemd en met zijn ogen seint hij geruststellende boodschappen.

'Nog even, mevrouw, het is er bijna.' De verpleegkundige legt haar hand koel op mijn voorhoofd, ze heeft een melodieuze, krachtige stem. Toch wantrouw ik de geruststellende woorden.

Dan verstomt het gedempte spreken achter de groene doeken.

'Is alles goed? Alles is toch goed?' Ik vuur mijn vragen af langs de opengesperde ogen van Paul, voorbij de hoofden van de anesthesist en de verpleegkundige met het rode haar. Het groen van haar mondkapje doet haar ogen opgloeien. Op haar borstzak lees ik haar naam: Romy.

Ineens zijn er grote armbewegingen van de gynaecoloog rechts van mij. Boven mijn buik verschijnt een flits vol bungelende ledematen, blauwachtig mensenvel, een hoofdje. Het lichaampje wordt omhoog getild. Een kort ogenblik komt het me voor dat het wordt aangeboden aan de goden. Andere handen pakken het kind over en met enkele bewegingen wordt het in doeken gewikkeld. Er is overal dat groen.

'Het is een meisje.'

En weg is het. Mijn adem bevriest en heel even stollen de bewegingen om me heen. Niemand verroert zich. Niemand spreekt. Die ijzige, uitgerekte stilte is het antwoord op mijn vragen.

In mijn buik neemt een steenkoude leegte de plaats in van mijn kind. Drie woorden hoor ik. Vruchtwater. Longen. Meconium. Mechanisch dreunen mijn hersenen de betekenis op van het laatste, gevreesde woord. Ik had het opgezocht in het woordenboek na het zien van een informatiefilm tijdens de zwangerschapscursus. Meconium. Sap van de papaver. Eerste zwarte ontlasting van een pasgeborene. Darmpek.

Terwijl mijn ogen – en daarna mijn oren – zich met een stille stroom tranen vullen, worden mijn handen vastgehouden en naaien ze me dicht.

We krijgen uitstel. Ze zal naar het AMC gebracht worden. 'Daar zijn ze gespecialiseerd. Ze kunnen misschien meer dan hier.'

Paul gaat mee, ik kan niet reizen met een vers opengesneden buik. Mijn moeder en Rianne, Pauls zus, zitten de hele avond bij me, aan weerszijden van mijn bed. We zwijgen en wachten op een bericht van Paul.

Het geluid van de telefoon scheurt de stilte aan stukken.

'Met mij. En?' Het spreken scherpt de pijn die door mijn hoofd dendert nog wat aan.

'Niet zo goed.'

'Wat? Heeft ze pijn? Verandert er iets?' Ik fluister waar ik zou willen gillen, waar ik naar Amsterdam wil vliegen om mijn kind uit hun handen te rukken.

'Ze ligt nog steeds aan de beademing. Eigenlijk al te lang en te veel. Waarschijnlijk... waarschijnlijk is ze al blind.'

'En pijn? Heeft ze pijn?' Haar pijn is de mijne, mijn hart blaast zich op in mijn borst en beneemt me de adem.'

'Nee, pijn heeft ze niet. Maar...' Zijn stem dooft. Op de achtergrond meen ik piepjes te horen.

'Maar wat, Paul? Wat?'

Over mijn moeders gezicht rollen tranen. Ze laat ze eenvoudig langs haar wangen in haar hals lopen, haar handen liggen in haar schoot, ineengeklemd, met witte knokkels.

'Maar ze zal nooit zelfstandig kunnen leven. Ze hebben gedaan wat ze konden.'

'Hoe? Wat? Gedaan wat ze konden?'

'Ze weten nu zeker, ze zeggen... Milou zal nooit zelfstandig kunnen ademen.'

'Een kasplantje, zal ze een kasplantje zijn?' Ik denk aan tehuizen vol bewegingsloze baby's, kinderen, volwassen vrouwen en mannen in tuigjes, vastgebonden op metalen bedden, kwijlend, ademend maar dood, meer dood dan levend. Jaren liggen kwijnen, waartoe? De bezoekuren, de ouders die allengs minder komen, want het kind praat niet, reageert niet. En nooit zal je het zien lachen of huilen. Geen leven.

'Ja, ze zal een kasplantje zijn. We hebben het erover gehad, toch? Dat we dat niet willen?'

'Heeft ze bewogen? Beweegt ze?' Ik probeer me een beeld te vormen van de situatie.

'Nee, ze beweegt niet. Nou ja, heel af en toe... Een reflex, zegt de kinderarts. Ongecontroleerde spiertrekkingen.'

'Dus ze zal nooit bijkomen?' Rianne houdt zich met beide handen vast aan de bedrand. Ze spert haar ogen wijd open. Ik kijk haar aan terwijl ik Pauls woorden probeer te bevatten. Ze willen maar geen vorm of betekenis krijgen.

'Nee. Ze zal ons nooit kunnen zien. Ze zal zich niet kunnen bewegen. Ze kan niet zelfstandig ademen, dat zal ze nooit kunnen.'

'Wij moeten het zeggen, hè? Wij moeten zeggen dat ze van de beademing afgehaald wordt. Wij zijn de ouders.' De lucht in de kamer is zo dicht dat je hem zou kunnen snijden. Mijn woorden blijven erop drijven. Telkens weer doemen ze op voor mijn ogen, echoën in mijn oren. Wij moeten kiezen. Nu.

'We kunnen het niet blijven uitstellen. Ik vind dat we het moeten doen. Milou zal nooit wakker worden. Een kind dat niet zelfstandig kan leven, dat willen we niet, jij ook niet. We hebben erover gepraat.'

Ik hoor hoe Paul zijn best doet zijn hoofd erbij te houden. Hij articuleert belachelijk overdreven, alsof ik debiel ben. Mijn tranen trekken een brandend spoor over mijn wangen. Nee. Het is het enige antwoord dat in me opkomt. Nee.

'Voor haar, lieve schat, wij moeten voor haar kiezen. Dat kan ze niet zelf.' Zijn stem klinkt hol, een lege stem zonder tonen. Het leven eruit gezogen.

'Paul, maar... Kunnen wij dat?' Neeneenee, dendert de trein in mijn hoofd.

'Lieverd, ik denk dat we haar moeten laten gaan. Als... We hebben geen keus. Toch?'

In de stilte na zijn vraag glijd ik binnen in een adembenemend groots iets. Een ruimte die ik met mijn denken onmogelijk lijk te kunnen overbruggen. Een godenvraag wordt mij gesteld, zo veelomvattend dat ze aan geen mens gesteld zou mogen worden. Waar haal ik de moed vandaan te beslissen over dood en leven? En toch, het kind zou geen leven hebben. En wij ook niet.

Pauls stem haalt me terug.

'Luister, ze ligt vlak naast me. Ze wordt in slaap gehouden en heeft geen pijn. Dat zeggen de artsen hier. Lieverd...'

Ik heb geen beelden. Kan niet voor me zien hoe het daar is. Hoe ze daar ligt.

Ik knik. Er kan geen geluid langs de verdikking in mijn keel. Mijn moeder kijkt me aan, haar handen voor haar mond geslagen. Rianne legt haar beide handen op mijn been.

Ik sluit mijn ogen. Opnieuw glijd ik weg. En daar, in die ademloze donkerte, verschijnt een nieuwe gedachte. Milou zal veilig zijn. Er zal haar niets ergs meer kunnen overkomen. Nooit meer. Niets, niemand zal mijn kind ooit nog pijn kunnen doen.

Even zweef ik, gewichtloos en gedragen door dit besef. Dan vind ik adem om te spreken. Ik open mijn ogen. 'Goed. Het is goed. Laat haar maar gaan. Paul, houd haar goed vast...

dat ze niet alleen is. En raak haar aan! Hou haar voor me vast. Kom terug en neem haar mee.' Mijn stem is een rauwe fluistering.

Moeder en Rianne vertrekken. Nu ben ik alleen. Het razen, het kloppen en bonzen van mijn hart kende ik, maar niet dit, het breken.

Als ik verward en hijgend wakker word, zijn mijn oren volgelopen en is mijn kussen doornat. De kamer is in schemer gehuld.

In de vreemde nachtgeluiden weerklinkt mijn eigen pijn. Het druppelen van vocht in en uit mijn lichaam, door dunne buisjes van infuus en katheter. Piepende schoenzolen op de gang. Zacht suizen en reutelen van leidingen. Snelle voetstappen langs mijn deur. Mijn hielen en ellebogen branden op de stugge lakens. Niet denken. Niet voorstellen. Niet huilen. Niet bewegen. Niet dat afschuwelijke schokken van mijn buik. Niet roepen. Niet doen.

Na twee nachten waakslapen ben ik zo moe dat ik me nauwelijks kan voorstellen dat ik mijn hoofd ooit nog normaal zal kunnen optillen. Er lijkt lood in de lucht te zitten. Mijn moeder staat weer naast mijn bed, haar schouders beschermend kromgetrokken om de pijn in haar borst. Haar oogleden zijn gezwollen, ik kan het haast niet verdragen haar verdriet te zien. Gelukkig hoeft mijn vader dit niet meer mee te maken.

Paul is naar huis gegaan om een paar uur te slapen. Gisteren heeft hij Milou mee terug genomen.

'Het is wel heel stom, hè mama? Je geeft de baby zo'n mooie naam en dan gaat ze dood.'

Lea zit aan het kleine tafeltje achter mijn bed. Ze is zes jaar. 'Bijna zeven!' roept ze telkens verontwaardigd wanneer een van ons in haar plaats de vraag naar haar leeftijd beantwoordt. Nu is ze verdiept in een tekening. Met gebogen hoofd en het puntje van haar tong tussen haar lippen hanteert ze het kleurpotlood, even precies als de gynaecoloog die zijn mes in mijn buik zette.

Het litteken op mijn onderbuik is rauw en rood. De metalen krammetjes waarmee de boel bij elkaar gehouden wordt, steken door het wondgaas heen. Ze doen me ergens aan denken. De spijlen van het konijnenhok? De nietjes in de houten wijnkistjes die we met kerst altijd krijgen? De beelden drijven onsamenhangend en vaag in de nevel achter mijn ogen. Nee, het is iets anders, gemener. Dit metaal glimt zo verschrikkelijk banaal tussen het bijeengebonden vlees en de bruinrode korstjes. Ik zou moeten stoppen met ernaar te kijken en te wensen dat het allemaal niet voor niets zou zijn geweest.

Behoedzaam laat ik de zachtgele wafeltjesstof van de ziekenhuisdeken weer zakken. De luier rond mijn borsten knelt. Ik vind het zo wreed dat ik de luier omkrijg die mijn kind niet nodig heeft. De verpleegkundige had me na het afbinden een beetje water en een plastic bekertje met pillen aangereikt. 'Het duurt een paar dagen, mevrouw. Deze pillen helpen de melkvorming en stuwing tegen te gaan.'

Mijn moeder veegt een haarsliert van mijn voorhoofd. 'Tot morgen, kind. Sterkte.' Ze draait zich om, dept haar ogen droog. Dan pakt ze Lea's hand. 'Kom Lea, mama moet rusten.'

Mijn moeder noemt me 'kind'. Het woord wekt beelden op van een opgekrulde foetus, geborgen in een eierschaal. Duimelijntje, slapend in haar walnootwiegje. Een pasgeborene in de kom van een mannenhand. De geur van hooi en versgemaaid zomergras. Zacht wuivende halmen, vertrouwde handen die me stevig instoppen, een nachtlichtje.

Mijn moeder noemt me 'kind'.

Hand in hand staan ze in de deuropening naar me te kijken. Voorzichtig lachen ze terug. Lea's glimlach landt zacht als een donsveertje op mijn gebroken hart. Dan zijn ze weg.

'Mam?'

'Ja, kind.' Was dat mijn stem?

'Ik hoef niet zo erg te huilen, hè? Omdat ik de baby maar een heel heel héél klein beetje ken.' Lea zegt het vrolijk, alsof ze zichzelf verrast met deze ontdekking. De kleurpotloden rammelen in de metalen doos die op het tafeltje voor haar staat, ze doet er lang over een nieuwe kleur te kiezen.

'Papa, kijk eens wat ik voor mama maak.'

Paul komt binnen met een glazen vaas. Boven het kleine tafeltje waaraan Lea zit, buigt hij zich over haar heen. Ik zie hun hoofden, dicht naast elkaar. Dat hadden er drie moeten zijn. Van groot naar klein aflopend.

De verpleegkundige met het rode haar heeft me op het hart gedrukt vooral alles te vragen. 'Als u iets nodig hebt, belt u gerust. En als u Milou wilt zien, dan halen we haar voor u op.' Maar ze zijn zo druk allemaal en zo aardig, ik wil hen niet extra belasten met mijn verzoeken.

Ik ben al drie dagen moeder van een kind dat ik nog niet heb gezien.

'Paul, vanavond wil ik haar graag zien.'

Met zijn ogen scant hij mijn gezicht, speurend naar bewijs. 'Echt?'

Schokkerig haal ik mijn schouders op. Dan knik ik naar hem, met mijn kiezen op elkaar geklemd.

'Goed. Kom Lea, ik breng je naar oma. Morgen mag je weer naar mama.'

Ze kussen me en laten me alleen. Paul komt straks terug.

Het bloed klopt in mijn buikwond en ik heb het gevoel dat mijn borsten uit elkaar klappen. Achter in mijn keel proef ik iets bitters.

'Paul, nu. Wil jij het de zuster vragen?'

'Weet je het zeker?'

'Nee. Ik ben zo bang.' Ik ben zo vreselijk bang dat ik het niet verdragen zal. Dat ik zal walgen van mezelf, van afschuw en angst. Dat ik de wreedheid niet zal kunnen verdragen zonder het uit te schreeuwen.

Zijn armen worden als klemmen om me heen geslagen. Als hij ze nog een beetje strakker aantrekt, zal mijn litteken knappen. De steken in mijn borsten zijn haast onverdraaglijk. Toch laat ik het toe, naar adem happend. Het is bijna een opluchting iets anders te voelen.

'Schaam je je? Mijn god, je schaamt je omdat je je kind niet durft te zien. Maar wie zou jou iets kwalijk durven nemen? Niemand. Wie wil een dode baby in zijn armen. Je hoeft haar niet aan te raken, lieverd. Je hoeft niet naar haar te kijken. Niets hoeft. Maar je zult haar prachtig vinden, ik weet het zeker.'

Hij maakt zich los en legt zijn handen om mijn gezicht. 'Voor zoiets als dit zijn geen regels, je moet het zelf uitvinden, het doen op jouw manier. Het is ons kind. En ik ben bij je.'

Zijn gezicht is vlakbij, en zwijgend laat ik mijn voorhoofd tegen het zijne vallen.

Mijn stem komt met een snik. 'Goed.'

Hij laat me los en staat op.

Laat me niet alleen! Als hij de kamer verlaat, slik ik de woorden die ik hem achterna zou willen schreeuwen met moeite in.

Ik zit gevangen, vastgekoppeld aan infuus en katheter. Hoe graag ik ook zelf zou willen gaan, ik kan me nu alleen maar overgeven en wachten tot zij naar me toekomt.

Met gesloten ogen hoor ik hoe ze binnenkomen. Er zijn voetstappen en het geluid van rijdende wieltjes. De stem van Romy, de roodharige. 'Zal ik haar hier neerzetten? Wilt u dat ik erbij blijf?'

'Ja, dat is misschien verstandig. Lieverd, ze is er.' Pauls hand strijkt langs mijn wang.

'Ik durf niet.' Dan begint het trillen, vanuit mijn knieën breidt het zich uit, in een mum van tijd beeft mijn hele lichaam. Klappertandend kruip ik dieper onder de deken. Nog steeds zijn mijn ogen dicht. Ik tril zo hevig dat ik nauwelijks kan spreken. 'Is ze echt mooi? Kan ik kijken?'

Een hand pakt de mijne, het is die van Paul. Ik voel zijn adem tegen mijn gezicht.

'Je zult misschien een beetje schrikken, ze is... anders. Ze is natuurlijk heel bleek, een beetje lichtblauwig. Ze heeft wat rode vlekjes, van de pleisters. Ze heeft... witte haartjes.' Een snik breekt door zijn hartverscheurende beschrijving.

Ik open mijn ogen, knijp Pauls vingers haast fijn en knik naar de verpleegkundige. Ze staat op een meter afstand van mijn bed en kijkt naar mij, naar Paul en dan naar beneden, naar het wiegje. Zorgvuldig, met twee handen, pakt ze het gele dekentje en slaat het open. Mijn adem stokt. Het beven stopt. Alles staat stil. Daar ligt mijn dode kind.

Mijn nagels klauwen in de palm van Pauls hand. Ik kijk en hijg en kijk en huiver en kijk. Alles stolt. Het wordt muisstil in de kamer.

Plotseling klinkt vanuit de gang een luide mannenlach die alles weer in beweging zet. Ik adem stotend uit.

'Ach...' Niet meer dan een zucht. Het woord deint als een dunne rooksliert door de kamer en vervaagt ten slotte, een nieuwe, iets lichtere, stilte achterlatend.

'Ik laat u even alleen. Belt u maar als u me nodig hebt.' De rode paardenstaart wipt op bij iedere stap die ze zet.

'Zo stil.' Opnieuw is mijn stem niet meer dan een fluistering.

'Ze lijkt op Lea, vind je niet? Dat ronde hoofdje, dat neusje. En ze heeft jouw haar, zie je hoe steil? En zo wit.' Paul praat zacht voor zich uit, terwijl zijn vingers nerveus heen en weer bewegen over mijn handrug.

'En jouw wenkbrauwen, Paul. Die heeft ze van jou.'

Ik prent het gehavende gezichtje stil en huiverend in mijn geheugen.

'Doe het dekentje maar weer over haar heen, alsjeblieft. Het is genoeg. Mijn god, wat is ze stil.'

Paul loopt naar het wiegje. Hij strijkt, zo licht dat hij haar nauwelijks lijkt te raken, omhoog langs haar wangetje. Over haar haartjes en haar hoofd. Ik volg zijn hand, voel de aanraking van zijn huid met de hare in mijn eigen vingertoppen, ze gaat recht naar mijn hart.

Dan komt Paul omhoog. Hij recht zijn rug en kijkt naar me.

'Ja Paul, het is genoeg. Doe maar.'

Zachtjes trekt hij het dekentje weer over haar heen. Hij klemt zijn handen om de zijkanten van het wiegje en kromt zijn grote lichaam. Een voor een verschijnen er donkere vlekjes in de lichte stof.

Afgelopen nacht heb ik zelfs een uurtje geslapen. Na drie doorwaakte nachten is dat een kleine zegen. Mijn koffie staat koud te worden, ik heb er nog steeds geen trek in 's ochtends. Paul komt binnen. Hij kijkt me aan en knikt nadrukkelijk. Mijn man, hij ziet zo bleek.

Het is dus gelukt, hij heeft onze dode dochter kunnen aangeven. Eerst aangeven en dan afgeven. Nee, andersom. Eerst afgeven, om haar alsnog aan te geven.

'De ambtenaar was erg meelevend. Nu is het officieel.' Hij doet zijn jas uit en gooit hem over een stoel. 'Ik heb ook even voor je opgeschreven wie er gebeld hebben. Morgen neem ik de post voor je mee. Er is al een kaart van Joke.'

Zwijgend bekijk ik het lijstje namen, met Pauls hand in de mijne. Buiten schijnt een bleke voorjaarszon. Joke draaide een film tijdens een van de laatste zwangerschapsbijeenkomsten, een film over verschillende bevallingen. Ze vond dat we op alle mogelijke scenario's voorbereid moesten zijn. We huilden allemaal toen we zagen dat een van de baby's dood geboren werd. Ik was degene die het eerst gereageerd had. Ik riep dat ik daar nooit van mijn leven mee om zou kunnen gaan.

'Er ligt hier nog iemand uit onze groep, Tineke. Ze heeft een zoon gekregen.' Romy met het rode haar vertelde het toen ze vanochtend mijn rug waste met haar snelle, gevoelige handen. Ze bevrijdde me met zorg van het infuus in mijn arm en de katheter. Toen ze me na het wassen voor het eerst uit bed hielp, rook ik haar shampoo. Het maakte me aan het huilen, de pijn en die geur van schone haren. Ik had aan witte haartjes gedacht, en aan de fluwelen stevigheid van een babyhoofdje.

'Kun je ertegen?'

'Als ik haar maar niet zie, of het kind.'

'Vanavond komt de begrafenisondernemer om alles door te nemen.'

'Ik wil het eenvoudigste kistje dat ze hebben. En... mijn god, iets warms! Ze moet iets warms aan, misschien een jas en wantjes, een wollen mutsje, sokjes, slofjes... Een slaapzak godverdegodver.'

'Kom maar, stil maar. Ik vraag je moeder wel.'

'Ik wil haar nog een keer zien. Haal haar op, Paul, alsjeblieft. Nu.'

Bij de deur aarzelt hij en kijkt hij me onderzoekend aan.

'Ja, echt, ik weet het zeker. Toe nou maar.'

Hij vertrekt. Ik snuit mijn rauwe neus en doe er eindeloos lang over voor ik zelfstandig naast mijn bed sta. Voorzichtig schuifel ik naar de stoel. Ik laat me zakken, mijn linkerhand stevig tegen de wond gedrukt, en ga zo goed mogelijk rechtop zitten. Ik stel me voor hoe Paul de koele ruimte betreedt waar Milou ligt. Zal zijn hart bonzen? Is hij bang? Hoelang zal hij naar haar kijken voor hij het dekentje weer over haar heen legt? Ik zie voor me hoe hij haar voortduwt, met haar de lift naar boven neemt. Hoe ze door gangen lopen. Hoe de mensen zullen kijken, fluisteren: 'Ach, kijk, daar gaat die vader met zijn dode kind.' Langs de zusterpost zullen ze gaan en uiteindelijk zullen ze stilhouden voor de deur van de moeder van het dode kind.

Dit is de laatste keer dat ik haar zal zien. Ik zal de verpleegkundige vragen of ze een foto maakt.

Paul heeft de post van thuis meegebracht. Op het kastje naast mijn bed ligt een stapeltje kaarten. In de vensterbank staan narcissen. Mijn vriendinnen en mijn zus zijn geweest. Zo veel verdriet is haast onverdraaglijk. Hen te troosten leidt de aandacht af van mij. Het breekt het ongemakkelijke zwijgen en verzacht mijn eigen rouw. Dat wil zeggen: voor de duur van het bezoek.

Paul is zonet, als laatste, naar huis gegaan. We hebben meer dan een uur dicht tegen elkaar aan gelegen nadat mama met Lea was vertrokken. Nu ben ik weer alleen, klaarwakker en nerveus. Morgen gaan we Milou begraven.

Het is laat, bijna elf uur. De nachtbroeder komt zachtjes binnen. Fluisterend vraagt hij of ik nog iets wil om te slapen.

'Denk jij dat een moeder kan slapen als ze weet dat haar dode kind ergens onder haar ligt? Nee dus, maar bedankt voor het aanbod.'

'Nee, dat denk ik niet. Maar ik zou de moeder wel kunnen helpen met een slaapmiddeltje.'

'Laat maar. Ik vind de nachtmerrie zo al erg genoeg.'

Hij blijft staan kijken naar de tekeningen op het tafeltje.

Paul schrok vanavond van mijn cynisme. Volgens de rouwtheorie is dit een van de stadia waar ik in cirkels doorheen zal gaan. Paul zal hetzelfde meemaken – wellicht op een andere manier, maar ook hij zal de stadia doorlopen. 'Hier! Het staat allemaal in de brochure. Lees maar!' Ik had het ding naar zijn hoofd gegooid. 'Dan weet je wat je te wachten staat.'

Hij raapte hem op en bladerde vluchtig door de glanzende pagina's. Daarna stak hij de folder in zijn jaszak en nam hem mee naar huis.

De broeder legt de tekeningen terug op tafel. 'Wat prachtig. Ach ja, een kind heeft zo'n natuurlijke manier van verwerken, met tekenen en kleuren.'

'Ja, zij wel.' Bitser dan dit kan ik niet klinken.

'U belt maar als u toch iets nodig hebt. Het zal geen gemakkelijke dag voor u worden. Hoe laat komt uw man u halen?'

'Om tien uur.'

'De rolstoel wordt morgenochtend voor u bij de balie gezet. Nou, ik hoop dat u een beetje kunt slapen. Welterusten.'

Goddank begint hij niet zielig te doen of mee te jammeren. Ik zou het niet kunnen opbrengen hem te moeten troosten.

Ik luister naar het suizen van allerlei apparaten en dingen die ik na vijf nachten nog steeds niet thuis kan brengen. Ik zou iedereen het zwijgen willen opleggen. Ik wil stekkers uit stopcontacten rukken en lampen aan diggelen gooien.

Alles aan me jeukt en er drukt een immens gewicht op mijn borst. Ik moet eruit, lopen, bewegen, iets doen. Met mijn hand stevig tegen mijn buik zwaai ik eerst mijn benen over de rand. Ik blijf zitten tot de duizeling wegtrekt. Dan zet ik mijn voeten op de vloer. Ik pak mijn ochtendjas van de stoel en doe die voorzichtig aan. Ho, mijn armen niet te ver uitrekken. Slippers aan en lopen, stapje voor stapje. Ik druk met mijn schouder de deur open. Iedere beweging doet pijn, ik haal zo oppervlakkig mogelijk adem. Het dikke maandverband zit als een prop tussen mijn benen. In de verlaten gang grijp ik me vast aan de glimmende metalen wandleuning en strompel langs de muur, stuntelig als een bejaarde. Ergens achter me gaat een telefoon, een mannenstem geeft korte antwoorden, ik kan het niet verstaan.

De deur naar wat de personeelskamer lijkt te zijn staat wijd open. Er is niemand, ik ga er naar binnen. *Hoera, een jongen! Bedankt lieve mensen, mijn eerste week was fantastisch dankzij jullie. Liefs, Amélie. Joop is geboren! Hoera! Rosa. Marleen. Abdoel. Nina. Ali. Lena. Kiki. Jonathan. Mira. Bram.* Op het prikbord prijken tientallen geboortekaartjes. Het stikt hier van de potten en vazen met bloemen. Overal dozen bonbons. Op het aanrecht staan twee taartdozen, een is open. Ik duw mijn vinger diep in de slagroom en lik hem af. Nog een keer. En nog eens. Ik prik gaten in de taart. Roer opbollende strepen room. Ha, in de andere doos zit ook een taart. *Hoera, Sander is ge-*

boren! Met mijn wijsvinger schraap ik de blauwe marsepeinen letters weg. Dag Sandertje, een fijn leven met je blije pappie en mammie. Ik hef mijn rechterhand en geef een enorme klap op het gebak. De slagroom spat in het rond, de klap zindert na in mijn buik. Maar ik sla nog eens, dwars door de pijn heen. Dan buig ik me. Ik ruk de deur van de koelkast onder het aanrecht open en schuif met één beweging de inhoud naar buiten. Flessen, een pakje boter en nog meer gebak. Ik maak hemelse modder. Zijn ze gek geworden? Stiekem feestjes bouwen waar ik niet bij ben! Waarom ben ik niet uitgenodigd? Waarom ik niet? Waarom ik? Waarom?

Stampvoetend, kreunend, met mijn hand los van mijn buik, glijd ik uiteindelijk onderuit in de geelwitte slagroomtroep. Het linoleum is heerlijk koel onder mijn wang. Ik smeer chocolade en ananassnippers in mijn haar, vermeng banketbakkersroom met de tranen op mijn wangen. Ik zie een felrode kers die onder de tafel is gerold. Nu pas valt me de slinger op, vrolijke vlaggetjes in felle kleuren. Ik brul het uit en ga op mijn zij liggen, zodat ik helemaal in elkaar kan rollen.

Dan zijn er voetstappen en worden er handen op mijn hoofd en onder mijn oksels gelegd. Een arm tilt me op. Sussende geluiden. Snot met room en tranen. Toe maar. Ik geef me over, begraaf me maar.

Er zijn handen die me uitkleden, me schoonwassen en mijn natte haren voorzichtig handdoekdroog deppen. Ik ruik de frisse geur van shampoo.

Dan stoppen ze me in en trekken ze zich fluisterend terug.

Het grind knerpt onder de wielen van mijn rolstoel. Iedere kuil en hobbel echoot in golven van pijn door mijn lijf. Lea loopt naast me, ze heeft haar handje op mijn arm gelegd. Voor ons loopt de begrafenisondernemer. Zonet reden we achter haar aan naar de begraafplaats. Het kleine kistje moest achter in de lijkwagen mee. Ze was onvermurwbaar. 'Regels, mevrouw. Het spijt me, maar zo is nou eenmaal de Wet op de lijkbezorging.'

Wat ik zie lijkt niets te maken te hebben met mijzelf. Het gaat ons eigenlijk niet aan. De merels, scharrelend onder de coniferen. De zeilende wolkenformaties. Het pad waarover wij gaan. De gure wind. De grafzerken. De oude heer die rokend op een bankje zit. Het vers gedolven gat waarnaar we op weg zijn. De aardige blonde mevrouw in het zwarte mantelpakje die samen met de zwarte kraai het kistje draagt. Het kistje zelf, blank hout, klein.

Mijn gedachten vormen zich buiten me om: Houd stil! Voorzichtig lopen, jullie twee! Ga terug, bemoei je er niet mee. Arme Lea, geen zusje. Arme Paul, een boze vrouw, een dode dochter. Laat de dag voorbij zijn. Had ik toch meer mensen moeten vragen?

Het gat is dieper dan ik dacht.

Samen met de zwarte kraai laat Paul de touwen vieren. Lea strooit handjes zand in het gat, haar ogen staan groot in haar bleke, ernstige gezichtje. Pauls adamsappel schiet heen en weer als hij zijn tranen wegslikt.

Het kistje landt.

De touwen worden omhoog gehaald en opgerold. De begrafenisondernemers trekken zich terug.

Ik laat me uit de rolstoel op mijn knieën vallen, klauw met gekromde vingers in de aarde en verberg er mijn gezicht in. De scherpe geur van regen, vermolmd hout en ijzer dringt mijn neus binnen. Ik neem een hap, zomaar, en spuug hem kokhalzend weer uit.

'Niet doen mama, stop.'

Paul helpt me zwijgend omhoog en veegt mijn gezicht schoon met spierwitte tissues. Lea duwt haar betraande gezichtje in haar knuffel. Die heeft ze nauwelijks meer losgelaten sinds ze hem kreeg. Ze kijkt op. 'Hier mama, hou jij Puppy maar even vast. Hij is heel lief.'

Ik neem de warme knuffel van haar aan. 'Dank je wel, lieverd. Kom eens hier.'

Ze slaat haar armpjes om mijn hals. Na een hele tijd begint ze te praten, met haar warme mond tegen mijn hals. Ik kan haar met moeite verstaan. 'De baby heeft het nooit koud, want als je dood bent voel je niets meer.' Ik klem haar nog dichter tegen me aan. 'Ze hoeft ook nooit te huilen, hè mama? Dat is wel een gelukje.'

Ik vind haar oor om mijn antwoord te fluisteren. 'Lieve schat, dat jij er bent, dat is pas een gelukje.'

Paul buigt zich en slaat zijn armen om ons heen. Onhandig wiegen we een beetje heen en weer. Ik had misschien toch iets verwacht. Een plotselinge zonnestraal, een onverwachte bliksemflits of een vlinder uit het niets. Een teken, op zijn minst. Maar de lucht is grijs en de wind waait laf tussen hard en zacht in.

Nog een nacht mag ik in het ziekenhuis slapen, dan moet ik naar huis. De wereld is te groot voor me geworden, te eng, met alle vragen die ik ga krijgen.

Paul maakt zich van ons los. Hij legt zijn handen om mijn gezicht en kust mijn gezwollen oogleden. 'Zullen we gaan?'

'Dag Milou, dag meisje, dag kind...' Mijn woorden zijn als gefluisterde bezweringen. Ik stuur ze een voor een omhoog, herhaal ze keer op keer, zodat ze zich verspreiden. Verder, wijder en almaar hoger zullen ze stijgen. Als Paul de rolstoel omdraait, weg van het grafje, vul ik het luchtruim en mijn hart met de diepste aller smeekbeden.

Moge het haar goed gaan aan gene zijde.

Het huis voelt groot en leeg. Ik beweeg me onrustig en wankelend door de ruimtes die me vreemd voorkomen. Ik mis Paul nu al, ook al blijft hij maar een uurtje weg.

'Kijk, dit is voor jou.' Lea overhandigt me stralend het vel papier waaraan ze geconcentreerd heeft zitten werken.

VOOR DE ALERLIEVSTE MOEDER DIE IK OOJT KEN

De grote, schots en scheef staande letters vormen de titel. De hartverwarmende spelling schiet de betekenis van de woorden recht in mijn hart.

'Daar moet je toch juist níét om huilen, mam? Of vind je het niet mooi?'

'Ik vind het prachtig.'

Ik vind het verschrikkelijk en prachtig tegelijk. Onder de titelwoorden heeft ze een stripverhaaltje gemaakt. Zeven tekeningetjes. Zeven regels.

Me susje was heel siek.
Se was zoo siek dat ze doot ging.
Toen was se in amstedam in de kinderambuulanse.
En se ging doot toen se in amstedam kwam.
En daar was mijn vaader ook bij.
En se wert begraaven in een kinder kerekhof.
Se lag in een kisje met silveren dingenhendels.

Het vierde plaatje is verbijsterend in zijn simpelheid. Lea heeft een op de rug liggende baby getekend. Het tekstballonnetje boven het hoofdje is met een zwarte stift dichtgekleurd.

'Wat heb je dit mooi gedaan, schat. Zullen we hem ophangen?'

'Ja. Boven het wiegje.'

Mijn god, nee, niet naar boven, niet het wiegje, niet nu al daarheen moeten. 'We wachten even op papa, hij zal er zo wel weer zijn.'

'Nee, ik wil het nu.'

Ze is al weg. Voorzichtig ga ik achter haar aan, de gang door naar de trap. Tree voor tree, stap voor stap.

Het huis komt me vreemd voor. Nog maar een week geleden liep ik deze trap af naar beneden. Ook met mijn handen tegen mijn buik. Nu ga ik hem voor het eerst weer op, naar boven.

Lea staat al in de babykamer. Ik durf niet langer dan een seconde naar binnen te kijken, verstijfd blijf ik op de drempel staan.

Dan draai ik me om en ga onze slaapkamer binnen. Het bed is slordig opgemaakt en overal slingeren kleren. Het kan me niet schelen.

'Mam, kom je? Ik heb al punaises.'

Ik laat me op de rand van het bed zakken. Lea verschijnt in de deuropening. Ze komt naast me zitten en legt de tekening op het nachtkastje. Uit haar andere hand laat ze drie punaises op het papier vallen. Ze nestelt zich dicht tegen me aan, legt haar hoofd tegen mijn bovenarm.

De felrode hoedjes van de punaises leiden me af. Ze steken brutaal af tegen het witte papier, de dunnen lijntjes van de tekeningetjes en, en vooral dat, tegen het zwarte tekstballonnetje.

'Mam?'

'Ja liefje.'

'Je kunt Milou nog wel zien in je dromen. Want in een droom kan alles.' Ze heft haar gezichtje naar me op. Haar ogen glanzen van het spannende idee. Ze is zo wonderbaarlijk mooi en levend.

'Mam! Je lachte een beetje! Ik zag het aan je mond. Kom, nu kun je opstaan.'

Ze pakt mijn hand. Voetje voor voetje laat ik me meenemen.

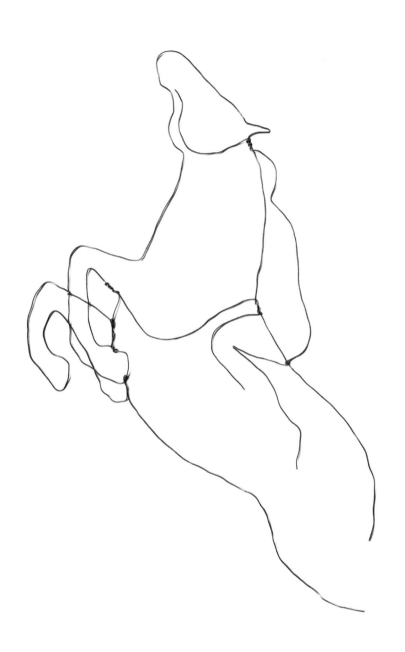

Zee van tijd

Het lijkt of er iets levends huist in de mond van het meisje tegenover me, een diertje dat onafgebroken probeert het zilveren knopje in haar onderlip naar buiten te werken. Het meisje draagt een zwarte, gebreide muts waaronder de draden van twee oordopjes vandaan komen. Haar oogleden heeft ze paars gekleurd en tussen haar wimpers klonteren stukjes zwarte mascara. Twee duimen vliegen over de toetsen van de telefoon in haar handen en het verlichte display heeft al haar aandacht, ze heeft het afgelopen halfuur niet één keer opgekeken.

Ik maak mijn blik van haar los. Buiten zijn de weilanden van elkaar gescheiden door sloten. Aan de horizon is de golvende lijn van de duinen al zichtbaar, daarachter lijkt de lucht schoongeveegd.

In de tas op mijn schoot tasten mijn vingers naar het stapeltje foto's. Op de bovenste foto kadert een witte rand mijn jonge gezicht in. Mijn zwarte krullen zijn er nog vol en ik glimlach met zachte lippen en glanzende ogen. Op de tweede foto zwaai ik naar de camera, blootsvoets en met opgestroopte broekspijpen in de branding. Dan de foto waarop we samen staan, Dries met zijn bovenarm stevig tegen de mijne gedrukt. Ik herinner me de huivering die door me heen trok wanneer ik ook maar het kleinste deeltje van zijn lichaam tegen me aan voelde. Voordat mijn zusje de foto nam, hadden Dries en ik gezoend, langdurig en stiekem. Je ziet het aan mijn licht gezwollen lippen.

Er is slechts deze ene foto van ons samen. Een heel leven ligt er tussen toen en nu.

'Mag ik die krant even zien, mevrouw?' Het meisje tegenover me buigt zich plotseling naar me toe om de *Spits* van mijn tafeltje te pakken. Met haar oordopjes nog in schreeuwt ze de woorden mijn kant op, alsof ik doof ben.

Als ze de krant van me aanpakt, ziet ze de foto's op mijn schoot. Ze trekt één oordopje uit haar oor en houdt haar hoofd scheef om ze beter te kunnen zien. Haar zwartomrande ogen knijpt ze tot spleetjes.

'Oh, bent u dat zelf? U lijkt precies op mijn moeder, ook zo lekker ouderwets. Ik ben gek op oude foto's. U was toen écht mooi!'

Ouderwets, zegt ze. Alsof 1979 een eeuw geleden is. Ze wacht niet op mijn antwoord, stopt het dopje terug in haar oor en legt haar voeten op de zitplaats naast me. Onderuitgezakt vouwt ze de krant open. Op de achterkant schreeuwt een paginagrote advertentie me toe. Een glimlachende jongeman, wit boord en geknoopte das, benadrukt het levensbelang van een goede verzekering. Met een maandelijks bedrag koop je alle onvoorspelbaarheid af. Handig en verstandig.

Alsof een leven te verzekeren is.

Plotseling verschijnen felgekleurde velden in het landschap. De wereld groeit en bloeit, bot uit in een uitzinnig vertoon van lust. Ik trek mijn blik terug en concentreer me op de laatste foto, die waarop Ronald en ik staan. Zijn kale hoofd steekt naakt af bij mijn krullen. Zijn ogen zijn groot en zacht. Zo keek hij de laatste dagen van zijn leven vaak. En zo herinner ik me hem het sterkst.

Ik buig mijn hoofd en probeer mijn opkomende tranen weg te knipperen. Als dat niet lukt, wrijf ik met mijn vinger langs mijn ogen, alsof er een haartje in zit. Nu heb ik het gevoel dat het meisje míj zit te bespieden. Als ik opkijk, ritselt de krant door de onverhoedse beweging die ze maakt.

Het zijn de foto's die me hier hebben gebracht. Twee maanden geleden begon ik met het opruimen van Ronalds bureau. In een oude agenda vond ik een pasfoto van mijzelf, ik was er zeventien. Dat bracht me ertoe mijn fotoalbums tevoorschijn te halen. Het was zo'n dag waarop ik vanzelf weggleed in mijn herinneringen. Toen Jasper de volgende dag kwam om zijn vaders bureau mee te nemen, had het idee belachelijk en sentimenteel geleken. Je eerste liefde terug willen zien, dat was iets wat ze op de televisie deden. Maar de eerstvolgende aflevering van *Memories* bekeek ik met de foto's voor me op tafel. Later, toen Jasper belde om te vertellen dat het bureau perfect in zijn kamer paste, realiseerde ik me dat de lege plek in de woonkamer me beviel.

Buiten verschijnen de eerste huizen, ik stop de foto's terug in mijn handtas. Naast me op de bank bewegen de voeten mee op het ritme van de bassen. Ik sta op en rek me even uit terwijl ik m'n jas pak. In de weerspiegeling van het raam zie ik hoe pluizig mijn haar is.

'Hou jij de krant maar.'

Het meisje haalt razendsnel haar voeten van de bank en doet haar beide oortjes uit. 'Weet u wel dat kleuren invloed hebben op onze stemming? Als je verdrietig bent, moet je een tijdje naar iets geels kijken.' Ze slist een beetje. 'Mijn moeder doet het ook. Kleurentherapie heet het. Het werkt echt, probeer maar!'

Terwijl ik mijn weekendtas uit het bagagerek til, kijk ik haar aan. 'Oh ja? Dat tref ik dan, met overal bloeiende bollenvelden. Dank je wel, goede reis verder.'

Ze steekt haar hand op en ik schommel onhandig met de zware tas door het gangpad. Wat een lief kind. Soms zou ik willen dat ik een dochter had.

Het is rustig op het kleine station, een enkel groepje wandelaars met rugzakken en Nordic walking-stokken gaat me voor. Als Ronald nog leefde, hadden wij dat misschien ook gedaan.

Er waait een frisse wind, natuurlijk, het waaide hier altijd. En er zit zout in de lucht. Het is anderhalve kilometer lopen naar het huisje. Zelfs na dertig jaar is er toch onmiskenbaar heel even dat prikkelende vakantiegevoel, onmiddellijk overschaduwd door de herinnering aan hoe het eindigde. Gulzig haal ik de lucht naar binnen, vastbesloten deze onderneming door te zetten.

Natuurlijk weet ik de route nog.

Eerst het station uit en de Hoofdstraat door. De bloemist bestaat nog, enorme vazen bloeiende takken en narcissen in bakken staan op de stoep. De bakkerswinkel is verdwenen, een grote drogisterijketen heeft het sfeervolle pandje gemoderniseerd. Er is een nieuwe supermarkt. En er zijn allerlei kleine veranderingen die ik niet direct thuis kan brengen. Het felgekleurde plastic van de reclameborden aan de gevels, was dat er toen ook al? Bij de souvenirwinkel blijf ik even staan kijken naar de molen met ansichtkaarten, meer om mijn tas neer te kunnen zetten en mijn schouders te ontspannen dan om de afbeeldingen zelf.

Daar rechts is de klinkerweg al die het dorp uit leidt. Na een paar minuten snijdt de riem van de tas alweer in mijn schouder. Nu ik hier daadwerkelijk loop, klopt het hart in mijn keel. Ik heb tegen de jongens gezwegen over deze onderneming, dat zit me dwars. En ik ben bang. Bang voor een mislukking. Bang dat ik me iets absurds in het hoofd heb gehaald. Bang voor de realiteit.

Ik gooi de tas over mijn andere schouder, passeer met moeite een rij huurfietsen die onhandig op de stoep geparkeerd staan, en versnel mijn pas. Alsof ik mezelf daarmee zou kunnen ontlopen.

De schelpen op het pad naar de voordeur van Zilvermeeuw knarsen onder mijn schoenen. De kozijnen zijn frisgroen met wit. Op de afgesproken plek, achter het nestkastje aan de zijmuur, vind ik de sleutel. Als ik de deur ontsluit, vertragen mijn bewegingen. Ik bespeur een aarzeling om over de drempel te stappen, alsof de lucht zelf weerstand biedt.

Binnen brandt de gashaard. Die herinner ik me, verder herken ik niets. Tegen de muur staat een knallend gele tweezitsbank. Ik glimlach en doe de radio aan. Als het aanzwellend vioolspel me de adem beneemt, haast ik me het volume te temperen.

Fijn dat de verhuurder zich aan de afspraak heeft gehouden. De kachel is aan en op het aanrecht in de kleine keuken staat een doos met boodschappen. Erboven, achter het keukenraam, ontvouwt zich het uitzicht waarop ik me verheugd heb – een duintuin die naadloos overgaat in het landschap. Hier zijn geen hekken of houten schuttingen, ik kan onbelemmerd naar alle kanten uitkijken. Aan de uitbottende struiken hangt gek genoeg nog hier en daar een bes. Het helmgras langs het pad naar zee wuift en buigt zich in de wind. Laag in een struik zit een roodborstje naar me te kijken. Arjan vertelde dat roodborstjes makkelijk tam te maken zijn, dat ze zelfs kunnen wennen aan het eten uit een mensenhand. Als ik beter zou opletten wanneer mijn vogelgekke zoon zijn enthousiaste verhalen vertelt, zou ik wellicht ook de naam van het grappig groen-gele vogeltje kennen dat boven op het vogelhuisje zit.

In de grootste slaapkamer ruikt het fris naar citroen. Hier sliepen papa en mama, toen. Het tuimelraampje staat op een flinke kier. Als ik het sluit, dwarrelt er een dode vlinder naar de grond. Aan de blauwe stippen herken ik de Dagpauwoog. Behoedzaam neem ik de vleugels tussen mijn vingers en voel het poederzachte laagje, dan leg ik de vlinder op het nachtkastje. Nu wil ik zelf ook even liggen, languit met gesloten ogen op de doorgestikte deken.

Door de openstaande slaapkamerdeur komt zachte pianomuziek naar binnen. Meedeinend op de klanken droom ik langzaam weg.

...wuivend groen en paars om me heen. In de verte draaft een paard. Het komt recht op me af en gaat over in een wilde, veel te snelle galop. Ik wil verschrikkelijk graag opstaan, maar iets onzichtbaars houdt me tegen de grond gedrukt. In de aarde onder mijn rug voel ik het dreunen van de hoeven. Er hangt een opdringerig zure geur om me heen. Het paard is nu zo dichtbij dat het bonken van mijn hart samenvalt met het dreunen van de hoeven. Ik haak mijn blik in de wijd opengesperde ogen van het dier. Het paard schudt zijn hoofd, gromt en briest. Speekselslierten en schuimvlokken vliegen rond. Ik verstijf en probeer uit alle macht mijn wil op te leggen aan het beest en het met mijn ogen tot stoppen te dwingen. Maar het zet zich al af met zijn enorme achterbenen. Midden in zijn vlucht, de lucht verduisterend met zijn lijf, vertraagt het ineens. In slow motion zweeft het vlak boven me. Tegen de buik van het paard zitten de benen van een mens geklemd, de blote voeten worden met gekromde tenen diep in de vacht geduwd. Met bleke handen klauwt de ruiter zich vast in de manen en het gezicht ligt verborgen, dicht tegen de hals van het dier. Als ik de wind van de zwaaiende staart op mijn gezicht voel, versnelt alles weer. Met een huiveringwekkende klap landt het paard achter me, beschermend sla ik mijn armen om mijn hoofd. Ik hoor hoe het paard verder draaft, weg van mij.

Bezweet schiet ik overeind, mijn hart bonkt tegen mijn ribben. De lamp van het nachtkastje ligt op de grond naast het bed. Onder de douche neemt het warme water de beelden mee. Ik droog me met stevige halen van de handdoek af, trek een warme trui aan en ga thee zetten. Ik heb anderhalf uur geslapen, de zeelucht doet zijn werk nu al.

In de doos op het aanrecht zitten een plak chocola en een pak kokoskoekjes. Gretig scheur ik de wikkel van de chocola af. Wat een intrigerend beeld, dat kleine mens op dat enorme beest. Zelfs in die gigantische sprong bleef de berijder overeind. Als je je goed vasthoudt, kom je een heel eind.

Nog voordat het theewater kookt, heb ik de helft van de chocola naar binnen gewerkt. Even denk ik dat de ketel een wel

heel aparte fluittoon heeft, maar dan besef ik dat het de deur-
bel is die ik hoor. Snel draai ik het gas laag. De houten vloer in
het gangetje kraakt en ik krijg het slot met moeite open. De bin-
nenkant van mijn handen is warm en vochtig.

'Goedemiddag. Bent u Iris?'

Een enorme bos gemengde tulpen komt op me af.

'Voor mij? Maar dat kan helemaal niet, ik ben hier op vakantie.'

'Wel als u Iris heet. Er zit een kaartje bij. Alstublieft.'

Ik pak de bloemen aan van de bezorger. Hij steekt zijn hand
op, draait zich om en loopt het tuinpad af naar zijn brommer.
Boven hem drijven witte wolken langs een felblauwe achtergrond, uit het boeket komt de geur van aarde en bladgroen. Ik
blijf in de zon in de deuropening staan en lees de handgeschre-
ven tekst. *Iris, was jij dat echt? Zag ik je lopen in het dorp? Als
het echt zo is, als jij Iris bent: welkom terug.*

Met gloeiend hete wangen zet ik de bloemen in de enige vaas
die er is, een foeilelijk ding van feloranje glas. Nu eerst een kop
thee en de andere helft van de reep. Dan naar zee, uitwaaien en
moed verzamelen. Een plan bedenken. Alsof ik de afgelopen
weken niet al duizendmaal alle mogelijkheden heb overwogen.
Bellen, schrijven, aanbellen, een pakketje laten bezorgen. Met
het pakketje is hij me voor – als de bloemen tenminste van hem
afkomstig zijn. Het kan haast niet anders, ik ken hier verder
niemand. Maar hoe weet hij dat ik hier ben? Ik heb de tulpen
voor het grote raam gezet. Hij zou ze moeten zien, als hij hier
langskomt. Langs zou komen. Als.

De ruige wol kriebelt op mijn voorhoofd. Toch trek ik de brede
haarband over mijn oren tot vlak boven mijn ogen. Het strand
is ongelooflijk breed, de zee ver weg. Zand waaiert in vlagen op
de wind. Ik neem grote passen, in een poging de opdringeri-
ge beelden in mijn hoofd voor te zijn, en concentreer me op de
schuimstrepen. Witte vlokken vliegen laag over, ze plakken aan
mijn benen. Dries is volop aanwezig. Met Dries aan zee. Op het

strand. In de duinen. Zon en lachen. Drie jaar achtereen was ik hier met mijn ouders en Anja op vakantie. In de laatste vakantie was het raak. 'Andries' en 'Iris', met houterige letters in een boom gekerfd.

Krijsend scheert een meeuw over me heen. Ik trek mijn hoofd tussen mijn schouders als het beest een rondje vliegt en nogmaals overkomt. Vlak na Ronalds dood zou ik gedacht hebben dat hij het was, dat hij me in het lichaam van een meeuw een teken wilde geven, een boodschap. Maandenlang heb ik gedacht dat hij overal was. Dat hij alles wat ik deed kon zien. Dat hij mijn gedachten kon lezen. Dat hij als een onzichtbare wolk om me heen hing. Nu, na bijna vier jaar, denk ik dat niet zo vaak meer. Ik voel hem niet altijd meer zo dichtbij. De onzichtbare aanwezigheid heeft plaatsgemaakt voor iets anders, een knagend gevoel dat me het laatste jaar regelmatig uit mijn slaap heeft gehouden. De impact van de belofte die ik aan Ronald en aan mezelf gedaan heb, is vele malen groter dan ik ooit heb kunnen denken.

Nooit meer een man.

Ik keer om en zuig de zeelucht diep naar binnen. De wind in mijn rug stuwt me voort. Boven zee verschijnt een gat in de wolken. Een straal zon spat erdoorheen. Er ontstaat een cirkel van licht op het water, felgroen in het grijs. Tot vlak voordat de morfine zijn geest in bezit nam, kon Ronald mijn hand pakken en me aankijken met een wonderlijk heldere blik. 'Ga door met leven, Iris. Voor jou is het niet voorbij. Leef.'

Als ik het tuinpad op loop zie ik iets wits, gestoken tussen de deur en de deurpost. Het is een envelop, mijn naam staat met pen op de voorkant geschreven. Als ik de deur heb geopend en de envelop openscheur, zie ik een eenvoudig lichtgroen kaartje. Het handschrift is hetzelfde als dat op het kaartje bij de tulpen.

Beste Iris,

Ik hoorde van de bloemenbezorger dat je werkelijk terugbent.
Ik zou je graag willen spreken.
Wil je een kop koffie met me drinken?
Vanavond ben ik vanaf acht uur in De Strandloper, het pavil-
joen aan het eind van de Badweg.
Als je niet komt, dan begrijp ik dat ook.

Groet, Dries

Met een stevige duw van mijn voet sluit ik de deur. Achter me,
tegen mijn rug, is de gangmuur hard en koud. Alleen mijn
ogen bewegen, heen en weer schietend tussen de handgeschre-
ven regels.

Nog voor ik mijn jas heb uitgetrokken, ontkurk ik de fles
wijn uit de doos. Ik schenk gehaast, mors dieprode druppels op
het aanrecht. De felgekleurde bloemblaadjes voor het raam steken opzichtig af tegen de schemergrijze lucht.

'Dries.' Fluisterend spreek ik zijn naam uit tegen het glas. Ik
neem een slok wijn. Nog een. Eindelijk ontspant mijn midden-
rif zich een beetje. Zou ik hem herkennen? Ga ik? Natuurlijk
ga ik! Nee. Ik durf niet. Durf niet en mag niet. Er ligt een leven
tussen ons. Een gehaast vertrek, een dood en een gelofte. Nooit
meer een andere man. Voorbij, over en uit. Maar hiervoor ben
ik gekomen. Ik ben hier en Dries weet dat nu ook.

Ik gooi mijn jas op de stoel, schop mijn schoenen uit en laat
me achterover zakken op de bank. Mijn maag rommelt, ik heb
al een hele tijd niet meer gegeten. Het kaartje trilt zacht tussen
mijn vingers.

Ik warm een blik soep op. De houten lepel met het gat erin
schraapt over de bodem van de pan. Ik roer cirkels, strepen en
achten. Het rood van de soep is het rood van de trui die Dries
die zomer droeg. We lagen naast elkaar op onze rug in een

duinpan en verzonnen sterrenbeelden. Als hij omhoog wees, rook ik zijn zweet. Die geur bezorgde me niet onprettige, spannende steken onder in mijn buik. Als ik naar boven wees, zag ik dat hij naar mijn borsten keek. Toen ik het koud kreeg, gaf hij mij zijn trui. Hij streelde me. Eerst mijn haar, mijn wangen, hals en armen. Hij aarzelde, ik stak mijn tong uit en we kregen de slappe lach. Toen kuste hij me – midden in die nerveuze lach nam hij mijn gezicht tussen zijn handen en kuste hij me. Eerst gulzig en hard, daarna trager en dieper, zodat ik hem kon proeven. Hij kwam dicht tegen me aan liggen en ik voelde zijn hardheid tegen mijn bovenbeen. Zijn geur, het nieuwe en zijn aanwezigheid zo dichtbij maakten me draaierig en gulzig. Zijn lichaam kuste mijn lust wakker en dat overrompelde me volledig.

Vader en moeder dachten dat ik die avond met Anja in de plaatselijke disco door zou brengen. In werkelijkheid ging zij naar een vriendinnetje en had ik met Dries afgesproken. We zouden om twaalf uur thuis zijn, ik wist dat vader en moeder wakker zouden blijven tot ze ons thuis hoorden komen. Maar ik was bereid risico's te nemen – ik wilde, nee: ik móést naar Dries. We hadden nog maar drie dagen.

Die nacht zou ik voor het eerst in mijn leven dronken en veel te laat thuiskomen. Dries had een fles bessenjenever gekocht, we dronken met kleine slokjes en zoenden met brandende tongen tot we uren later opgewonden en warm constateerden dat het al heel laat moest zijn. Dries bracht me lachend en wankelend naar het huisje en wachtte tot ik binnen was. Daarna ging hij terug om zijn brommer te halen. Ik glipte naar binnen. Mijn woedende ouders wachtten me op. Niet lang daarna hing ik kotsend boven de toiletpot en hoorde vaders razernij dwars door het kleine huis. Ergens halverwege de nacht werd het stil en zijn we allemaal uitgeput in slaap gevallen.

De volgende ochtend kwam moeder thuis met de boodschappen en vertelde ze wat ze in de winkel had gehoord.

'Een van de jongens van Van Noort heeft vannacht iemand van de weg gereden. Hij reed dronken op zijn brommer, de automobilist ligt gewond in het ziekenhuis. Zelf is hij er met wat kneuzingen van afgekomen. Het was toch niet die knul met wie jij was, hoop ik?'

Mijn hart ging tekeer. 'Weet je dan wie het was?'

'De oudste, Andries.'

Mijn vader keerde zich naar mij toe, hij keek me aan met ijs in zijn ogen. 'Iris, als dat die jongen is met wie jij gisteravond was...'

Ik brak en begon te huilen.

Dries had op de verkeerde weghelft gereden. Een automobilist die voor hem had moeten uitwijken, was over de kop geslagen en met een ambulance weggevoerd. Dries was door de politie meegenomen voor verhoor.

Die middag pakten wij onze spullen en vertrokken voortijdig uit Zilvermeeuw, om er nooit meer terug te komen. De rest van die zomer had ik huisarrest.

Luchtbellen borrelen naar de oppervlakte. Ik draai het vuur uit, giet de soep in een grote kom en eet staande. Dan zet ik koffie. Loop heen en weer en haal de foto's tevoorschijn uit mijn tas. Ik bekijk ze keer op keer. Stop ze terug, zet de tulpen op tafel en warm me voor de kachel. Ik verwissel vest voor trui. Wissel nog eens. Veel kleren heb ik niet bij me, ik blijf maar vier dagen.

Naar De Strandloper is het hooguit een kwartier lopen, vanmiddag ben ik er langsgekomen. Met mijn haar is niets te beginnen. De wallen onder mijn ogen zijn donker. Nadat ik mijn tanden heb gepoetst, glimlach ik naar mezelf. Lippenstift? Laat maar. Nou ja, toch maar een beetje. Nog een keer naar de foto's kijken. Toestemming zoeken in Ronalds blik. Nog even tv-kijken en afwassen. Dan is het tijd. Ik stop de envelop met de uitnodiging in mijn jaszak.

Het is druk in De Strandloper. Het is een lawaaierige ruimte met overal kleine lichtpunten van kaarsen en waxinelichtjes. In het restaurantgedeelte zijn alle plaatsen bezet – veel stelletjes, enkele gezinnen met kleine kinderen. Twee obers lopen met handen vol hoog opgestapelde borden en schalen naar de keuken. Een beetje duizelig blijf ik even staan. Daar zit hij, helemaal achterin, aan een tafel bij het raam. Dries, de man die ik alleen als jongen heb gekend. Als mijn blik de zijne kruist, staat hij op. Ik rek het moment door uitvoerig mijn voeten te vegen.

Dan laveer ik behoedzaam naar hem toe. Halverwege stoot ik met de punt van mijn jas een leeg glas van tafel. Het rolt ongebroken voor me uit door het smalle looppad en komt vlak voor de voeten van Dries tot stilstand. Voordat hij zich bukt om het op te rapen, flitst er een glimlach over zijn gezicht. Als ik bijna bij hem ben, reikt hij me het glas aan en draai ik me om om het terug te brengen. Ik mompel wat vage excuses en loop Dries opnieuw tegemoet, mijn jaspanden tussen mijn vingers geklemd.

'Dag Dries.'

'Iris, wat fijn dat je bent gekomen.'

Zijn hand is warm en droog, en hij articuleert zorgvuldig. Alsof ik van ver weg teruggehaald moet worden, met duidelijke taal en heldere, stevige gebaren.

'Zal ik je jas aannemen?'

'Nee, dank je, ik hang hem liever over mijn stoel.'

Als ik zit, bewegen mijn handen zich van mijn schoot naar het tafelblad, en via mijn bovenarmen weer terug naar mijn schoot.

Ik zwijg. Net als die zomer van mijn huisarrest. Dagen zat ik opgesloten in mijn kamer, niet bereid om beneden te komen. Moeder zette bordjes met boterhammen in de gang. Vader hield 's ochtends en 's avonds preken voor mijn dichte deur. De tot vervelens toe herhaalde thema's waren drankmisbruik, mijn onbetrouwbaarheid en losbandigheid. Ik zat op bed met gebogen hoofd en mijn handen stevig tegen mijn oren. Maar de stem van mijn vader was luid en vasthoudend. Mijn tranen drupten op de opengeslagen bladzijden van mijn dagboek. De letters begonnen door elkaar heen te lopen, net als de dagen en mijn gedachten. De zomerhitte dreef me ten slotte de slaapkamer uit. Niemand praatte er meer over en mijn eindexamenjaar begon. In oktober ontmoette ik Ronald.

Het lawaai van de gasten om ons heen dringt plotseling tot me door. Huiverend sta ik op. Ik pak mijn jas van de stoelleuning en kijk Dries recht aan. 'Kom mee naar buiten. Het is hier om te stikken.' Zonder zijn antwoord af te wachten, loop ik bij hem vandaan.

Een koude vlaag waait me tegemoet wanneer ik de deur open. Ik loop door, over het vlonderpad naar het strand. Achter me hoor ik hoe de deur met een klap dichtvalt. Als ik omkijk, zie ik hoe Dries de knopen van zijn wollen jas sluit terwijl hij naar me toe komt lopen. Als hij vlakbij is, is daar weer die flits van een glimlach, het kort optrekken van de mondhoeken, een glimp licht in zijn ogen.

'Nog steeds een buitenvrouw?'

We staan tegenover elkaar, in de wind, het zand en het bulderen van de branding. Ik heb spijt dat ik mijn haarband niet bij me heb en trek de kraag van mijn jas zo ver mogelijk omhoog.

'Ja. Laten we lopen.'

Buitenvrouw. Wat een verrassende benaming. Moet ik nu iets over hem zeggen? Zwijgend zie ik hoe hij zijn passen aanpast aan de mijne. Het is donker, toch kan ik zien waar ik loop. De branding trekt witte strepen in het water en er zeilen doorschijnende wolken voor de donkere langs. Mijn haar waait alle kanten op, we hebben de wind in de rug. We lopen. Dat is alles, lopen en zwijgen. Af en toe werp ik een blik opzij, en soms voel ik zijn ogen op me gericht terwijl ik nerveus mijn binnenste aftast – op zoek naar gevoelens, naar duidelijk geformuleerde gedachten. Maar alles wat ik tegenkom is een mistige stilte.

Ineens ligt zijn hand op mijn arm.

'Kom, hierheen.' Zijn stem verwaait in de lucht tussen ons. We laten de zee achter ons, met moeite ploeg ik door het mulle zand van de duinopgang. Naast me hoor ik het lichte hijgen van Dries. Op het hoogste punt draai ik me om, ik schrik van een witte veeg vlakbij, een meeuw vliegt op de wind. Het grote lichaam van Dries vormt een donkere vlek vlak naast me.

'Kom je?' Opnieuw zijn stem in de ruimte tussen ons.

Ik draai me om en loop naar beneden. De wind valt weg, ergens vlakbij in het lage struikgewas schreeuwt een vogel. Nu volg ik hem over een smal pad door de duinen. In de verte zwiept de vuurtoren zijn licht het duister in.

'Hier. Kijk Iris, hier.'

Hij staat stil onder een boom en wijst omhoog. Het felgele vlammetje van zijn aansteker flakkert. Mijn ogen volgen zijn aanwijzingen en ten slotte zie ik wat hij me wil tonen. Hoog in de stam staan onze voornamen gekerfd. Naast een slordig, haast onherkenbaar hart.

'Je mes was bot. Dat weet ik nog, dat je veel moeite moest doen. Maar je wilde het per se.'

Uit de mistige stilte in mijn binnenste borrelen vragen omhoog. Ik durf ze hem niet te stellen. Of hij hier vaker komt. Of hij me herkent. Wat hij zich voorstelt van deze ontmoeting. Het verrast me dat hij de plek weet te vinden waar we lang geleden onze liefde vastlegden.

'Waarom ben je hier, Iris?'

'Ik wil terug.' Huiverend trek ik mijn handen diep in de mouwen. Wat moet ik zeggen? Laten we maar weer lopen, dat is het beste. In beweging blijven, dan volgt de rest vanzelf.

'Je gaat toch niet opnieuw weg zonder iets te zeggen?'

'Nee, ik ben juist gekomen zonder iets te zeggen.'

'Iris... Zal ik mee teruglopen?'

'Ja, doe maar.'

Ik loop voor hem uit in de richting van het dorp. Er is maar één pad, bang om te verdwalen ben ik niet, ook al zie ik niet veel met mijn volgelopen ogen. Waarom doe ik zo? Dit is belachelijk. Mijn telefoon gaat, en op het display zie ik Arjans naam. Ik neem op, het kan me niet schelen dat Dries me kan horen. 'Dag lieverd, hoe is het?'

'Mam, huil je?'

'Nee, ik ben snotverkouden.' Met de mouw van mijn jas veeg ik mijn bovenlip droog. Ik haal mijn neus op en luister naar mijn oudste zoon.

'Oké. Mam, weet je wie ik tegenkwam? Wilma, uit de Bloemhof. Kleine Wilma uit groep drie. Je krijgt de groeten van haar. Weet je nog dat ze bij ons speelde?'

'Natuurlijk. Heeft ze nog steeds vlechtjes?' Wilma. Een schattig klein driftkikkertje met scherpe nageltjes, waarmee ze Arjans wang openkrabde als ze boos was.

'Vlechtjes? Nee, ze heeft roodgeverfde stekeltjes en zingt in een band. Grappig hè?'

'Wat leuk.' Het klinkt alsof Arjan een vogel beschrijft. 'Hoe herkende je haar?'

'Zij herkende mij in het publiek. Gewoon, ik weet het niet. Het klikte gelijk weer.'

'Ik zag vandaag een vogeltje, zo groot als een mus en groenig geel. Weet jij wat dat is?'

'Kan zoveel zijn... Sijs, groenling, geelgors. Zelfs de Europese kanarie. Maak maar een foto, mam. Hoezo die belangstelling ineens?'

'Gewoon, het viel zo op met al dat geel. Denk je dat je Wilma nog eens ziet?'

'Misschien neem ik haar wel eens mee. Nou, ik moet hangen. Ik zie je volgende week.'

'Ja, we bellen. Dag jongen.'

Waarom vertel ik hem niet gewoon waar ik ben en met wie ik hier loop? De jongens zullen me echt niet aan mijn belofte houden, vooral Arjan niet. Ze gunnen me een nieuwe man. Een nieuwe liefde. Waar ben ik dan bang voor? Het antwoord komt glashelder: ik ben doodsbenauwd opnieuw iemand kwijt te raken. Het is veilig om alleen te zijn, zonder risico dat je nog eens iemand verliest. De belofte beschermt me daartegen. Toch laat het verlangen naar een nieuwe man zich niet meer zomaar verdringen. Ik voel hoe mijn schild afbrokkelt. Dries lijkt nog zo op de jongen van toen, die glimp in zijn ogen en hoe hij lacht. En hij kan nog steeds goed stil zijn.

Het asfalt van het fietspad meandert als een zwart lint tussen de duinen. Achter me voel ik de aanwezigheid van Dries. Als ik eerlijk ben is dat een geruststellende gewaarwording. Hij is er nog. Het pad is hier breed genoeg om naast elkaar te kunnen lopen en ik houd mijn pas even in tot hij naast me is.

'Dat was Arjan, mijn oudste zoon.'

'Kwam hij zijn moeder tegen vreemde mannen beschermen?' Een kort grinniken na zijn woorden. Ik glimlach onwillekeurig mee.

'Dat lijkt me niet nodig, jou wel?'

'Nee. Dus je hebt meer kinderen?'

'Ja, nog een jongere zoon, Jasper. En jij?'

'Nee. Geen kinderen. Geen vrouw. Ik heb twee lange relaties gehad. Nu ben ik weer alleen.'

'Ik ook. Mijn man, Ronald, is vier jaar geleden overleden. Hij had kanker.'

We naderen de bewoonde wereld, de eerste straatlantaarns zetten ons in het licht. Het oranje schijnsel verzacht niets aan het laatste woord. Kanker.

'Wil je een kop koffie?'

Dries knikt bevestigend en loopt met me mee naar Zilvermeeuw.

Terwijl ik de sleutel in het slot steek, denk ik aan de onbevangen blijdschap in Arjans stem over het weerzien met Wilma. En dan laat ik Dries binnen.

Zwijgend zet ik koffie. Dries staat in de deuropening van de keuken en kijkt naar me.

'Iris, ik kan haast niet geloven dat ik je werkelijk terugzie. Je hebt geen idee hoe vaak ik hieraan gedacht heb. En jij?'

Zijn stem is zachter dan aan het begin van de avond, haast schor. Achter de behoedzaam uitgesproken woorden meen ik verlegenheid te horen. Ik schenk morsend de doorgelopen koffie in twee kopjes en Dries gaat me voor naar de kamer.

'Waar heb je me vanmiddag gezien?'

'Ik ben eigenaar van de rijwielzaak in de Hoofdstraat, waar die rij fietsen op de stoep staat. Ik zag je toevallig langslopen en ben naar buiten gegaan om je na te kijken. Ik wist haast zeker dat jij het was. Toen bedacht ik dat ik iemand met bloemen kon sturen.'

Als we beiden zitten, geef ik eindelijk antwoord op zijn vraag in de keuken, ook ik ben voorzichtig met formuleren. 'In mijn gedachten was je er vaak. In het begin, vlak na ons plotselinge vertrek, was je er natuurlijk altijd en heel dichtbij. Later was alles verder weg.'

Omdat ik niet weet wat ik verder moet zeggen, sta ik op en haal de foto's uit de slaapkamer. Door de plotselinge luchtverplaatsing zweeft de vlinder van het nachtkastje naar de grond, met een wonderlijk boogje glijdt hij tot ver onder het bed. Ik laat het maar zo. Ik stop de foto van Ronald en mij in mijn tas en neem de rest mee naar de kamer. Dries in die kamer te zien, dat grote lichaam in de leunstoel, is onverwacht vertrouwd. Even blijf ik in de deuropening staan.

Hij kijkt, ziet me en steekt dan zijn hand uit om de foto's van me aan te nemen. Over zijn schouder kijk ik mee naar wie we waren.

'Ik moest maar eens gaan, geloof ik.' Hij legt de foto's op de lage tafel en plaatst zijn handen op de stoelleuning, klaar om op te staan.

Nee. Mijn hand duwt zacht tegen zijn schouder. 'Wacht, Dries, blijf nog even. Er is een heleboel te vertellen, over hoe het gegaan is. Hoe mijn leven daarna was. En ik heb natuurlijk vragen. Hoe het was, wat er met je is gebeurd na het ongeluk. Zo veel. Zo lang geleden, misschien is het té veel... of te laat.' Stotterend verdwaal ik in een kluwen gedachten.

Dries kijkt me aan. Glimlachend staat hij op uit de stoel.

Als hij zich omdraait hoop ik, nee: wéét ik dat hij me gaat kussen. Ook weet ik dat ik die kus zal beantwoorden en mijn armen om hem heen zal slaan. Dat hij mijn gezicht tussen zijn handen zal nemen en zich met gesloten ogen naar me toe zal buigen. Dat we dicht tegen elkaar aan zullen staan. Dat we later zullen praten omdat er vanaf nu tijd genoeg voor ons is. Dat ik op een goed moment de jongens zal bellen om ze te vertellen dat ik mezelf ontslagen heb van mijn belofte. Dat ze zullen lachen. Ik hoor ze zeggen: 'Heel goed, mam. Pap zou trots op je zijn. Dat zijn wij trouwens ook.'

Daar zijn de armen van Dries om me heen, ik leg mijn gezicht tegen zijn borst. Zijn hart bonst, in een rustige regelmaat, vlak onder mijn oor. De omvang van deze nabijheid overvalt me. Wat vreemd en fijn hier te staan, deze vertrouwdheid, na jaren geen man meer gevoeld te hebben. De jongens zijn niet zo aanrakerig en met vriendinnen is het anders.

'Zal ik iets voor ons inschenken, Iris?'

Zijn stem is vlak bij mijn oor. Ik wacht even en maak me dan los uit zijn armen.

'Ja. Laten we de koffie vergeten. Er staat een fles wijn op het aanrecht.'

Terwijl ik Dries in het kleine keukentje hoor scharrelen, herschik ik de tulpen. Het is prettig de koele, stroeve stelen tussen mijn vingers te voelen.

Dries komt terug uit de keuken en reikt me een glas aan. Als ik het van hem aanneem, is er licht in zijn ogen.

Het cadeau 2

'Lieverd, kom binnen. Ik rammel van de honger. Wil jij alsjeblieft iets bestellen? Daar is de kaart voor de room service.'

'Wat zie jij eruit! En wat ruikt het hier vreemd.'

'Dat is verwarmde etherische olie. Die had hij bij zich, in een thermosflesje.'

'Hoe was het?'

'Hoho, Loezepoes. Eerst bestellen, dan vertellen.'

'Een omelet met verse tuinkruiden? En thee?'

'Nee. Wijn wil ik, rood, doe maar een flesje.'

'Goed, en eten?'

'Ei is fijn. En hebben ze zalm?'

'Allebei. Het komt eraan. Nou, vertel!'

'*Yoni* en ik zijn nogal hongerig geworden.'

'Hou op met dat gewapper! Doe die badjas dicht! Getver.'

'Was het gezellig in de bar? Waarom durfde je nou niet meer? Was Warmehanden te groot voor mijn kleine zusje?'

'Hou op! Ik vond het gewoon eng, het idee van een vreemde aan mijn lijf. Een beroeps, nota bene.'

'Jammer voor je, hij was heel erg goed.'

'Vast. Wat deed hij allemaal?'

'Ik ging eerst op mijn buik liggen, terwijl hij op de rand van het bed zat. Hij begon met mijn schouders. En daarna maakte hij een langzame afdaling, alsof hij een skihelling nam.'

'Tot waar? Had je een slipje aan?'

'Tuurlijk. Tenminste, eerst wel. En ik moet zeggen: hij deed zijn naam eer aan, ik smolt onder zijn handen.'

'En toen? Moest je je omdraaien?'

'Moest? Er moest helemaal niks, het was geen doktersbezoek.'

'Maar heb je je omgedraaid?'

'Tuurlijk! Ah, dat zal room service zijn. Doe jij even open, lieverd?'

'Dank u wel, mevrouw, dag. Wacht, Ingrid, ik geef je wel een bordje.'

'Geef mij de glazen en de fles maar. Zo, proost meid!'

'En toen?'

'Slalommend nam hij de voorkant, van boven naar beneden en weer terug. Hmmm, goeie omelet zeg.'

'Gewoon een massage dus, al met al.'

'Tot dan toe wel. Maar toen mocht ik kiezen.'

'Uit wat?'

'De full body tantra plus of een voetreflexmassage.'

'En?'

'Ik dacht: we zijn nu al zover, ik ga voor Indiaas.'

'Wist je wat dat was dan?'

'Mijn Engels is best aardig, hoor. Schat, schenk nog eens bij.'

'Pas op, niet op het laken! Maar is het nu iets voor mama?'

'Nou... het is wel allebei naakt.'

'Néé, kleedde hij zich ook uit?'

'Ja, vanwege de olie. Is er nog brood? En boter? Dank je.'

'Heb je seks met hem gehad?'

'*Sort of.*'

'Ja of nee?'

'Ja én nee.'

'Je bedoelt alles behalve de penetratie.'

'Mijn god! In welke eeuw leef jij eigenlijk?'

'Nou ja, het is toch voor mama...'

'Als het je geruststelt: zijn *lingham* heeft mijn *yoni* niet betreden.'

'Pardon?'

'*No intercourse, darling, just playing.*'

'Ik heb over papa gedroomd.'

'Jij hebt echt gevoel voor timing.'

'Hij kwam ineens overeind, in zijn kist. Hij had een masker op.'

'Weet je zeker dat het papa was?'

'Ja, hij droeg zijn begrafenispak en de stropdas met de vlinders.'

'Wat voor masker, carnaval?'

'De Joker, uit *Batman*.'

'Zie je wel, hij lacht zich dood om ons.'

'Zal ik de fles leegschenken?'

'Ja, wie drinkt, die leeft.'

'Serieus Ingrid, doen we het?'

'Ja, mama verdient een paar warme handen die haar verwennen.'

'Zonder seks, daar moeten we heel duidelijk over zijn.'

'Tuurlijk!'

'Want mama moet er absoluut van genieten.'

'Laat dat maar aan Warmehanden over.'

'Goed, ik vertrouw er maar op. Maar haar likdoorns... Ik weet niet of voetreflex zo'n goed idee is.'

'Maak je geen zorgen, ik neem de instructies wel voor mijn rekening.'

'Want mama moet ervan genieten, het is haar cadeau.'

'Tuurlijk zusje, we doen het allemaal voor mama.'

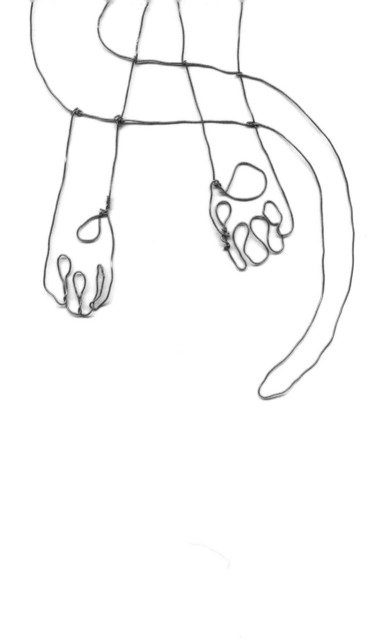

Rover

Eefje buigt zich voorover om haar kousen nog een stukje hoger op te trekken. Ze is te ongeduldig, een van haar puntig gevijlde nagels haakt in het ragdunne weefsel. Razendsnel trekt een ladder een bleek spoor langs haar dij. Het is het enige paar zwarte nylons dat ze bij zich heeft. Ongewenste tranen prikken in haar ooghoeken. Ze haalt haar neus op – eigenlijk is ze volkomen ongeschikt voor dit vak.

Vanaf het podium klinkt de muziek steeds luider, over een paar minuten moet ze op. Bij de eerste tonen van "Goldfinger" zal het gordijn openschuiven en zal ze in het felle voetlicht naar voren lopen. Met haar blik naar binnen gericht zal ze dansen en daarna haar armen en benen om de glimmende paal slaan. De laatste tijd voelt ze de beat van de beginmuziek al bij het wakker worden in haar lijf.

Dan maar met een ladder op. Ze zou er een act van kunnen maken: traag haar kousen scheuren en de gasten uitnodigen in iedere ladder een bankbiljet te steken. Hoe origineel. Ze veegt de premenstruele tranen uit haar ogen. Met moeite propt ze haar gezwollen voeten in de rode pumps. De nagels van de grote tenen drukken gemeen in haar vlees. Als ze opstaat bekijkt ze zichzelf in de slechtverlichte spiegel. Ze heeft nog een minuut of drie. Het vlammetje van de aansteker beweegt heen en weer met het trillen van haar handen. Ze gaat weer zitten en blaast de rook recht omhoog naar de pisgele kringen in het systeemplafond. Haar wijsvinger verdwijnt in een scheur in het zwarte skai van de stoelzitting, ze pulkt kleine stukjes schuimrubber los. Binnen in haar rolt een harde bal heen en weer. Ze legt een hand op haar buik en ademt langzaam uit. Daarna inhaleert ze de rook krachtig, alsof ze de bal ermee wil oplossen.

Nog één minuut. Ze staat opnieuw op, dwingt zichzelf in de spiegel te kijken. Ze is weliswaar een jongere versie, maar haar houding en de hardheid in haar blik zijn onmiskenbaar die van haar moeder. Ze drukt de gedachte samen met de peuk uit in een pot met een restje handcrème. Terwijl het vuur sissend dooft, dwingt ze zichzelf aan haar nieuwe leven te denken, aan Jim, haar toekomst. Haar moeder is voltooid verleden tijd.

Gisteren was ze, in de zekere veronderstelling dat haar moeder naar een van haar clubjes was, naar haar ouderlijk huis gefietst. De voorgaande nacht had ze onrustig liggen dromen van armenvol geurige poezenvacht en ronkend spinnen dicht bij haar oor. In de loop van de dag had ze haar verlangen naar Rover niet langer kunnen onderdrukken.

Het huis had verlaten geleken. Voor de zekerheid was ze een tijdje van een afstand staan blijven kijken naar de ramen waarachter niets bewoog. De vensterbanken waren leeg op de plantenpotten en de twee gestileerde aardewerken torso's na. Rover lag waarschijnlijk in de wasmand die op de verwarmde vloer in de hoek van de badkamer stond.

Toen ze haar fiets geparkeerd had en de sleutel in het slot van de voordeur had willen steken, was tot haar grote schrik de deur opengezwaaid. Het was te laat om rechtsomkeert te maken. Haar moeder had de deur open laten staan en zich zwijgend omgedraaid. Eefje was haar naar de keuken gevolgd.

'Ik kom voor Rover.' Ze bleef in de deuropening van de keuken staan. Rover was nergens te zien. Aan haar moeders rug kon ze onmogelijk aflezen of ze gehoord was.

'Woon je nog steeds in dat kraakpand? Bij die vent?' Moeder draaide zich om. Ze stond doodstil midden in de keuken, haar armen bungelden langszij. Ze had Eefje de vraag gesteld zonder haar aan te kijken.

'Jim. Hij heeft een naam, hoor. Waar is poes?' Eefje slikte de irritatie over de onverwachte confrontatie met moeite weg.

'Jim, juist. En, laat Jim je nog steeds in die club dansen?' Nu kwam moeder in beweging. Eefje keek hoe ze haar handen naar elkaar toebracht en de vingers in elkaar vlocht. Daarna sloeg ze haar armen om zichzelf heen.

'Godsamme, mam! Bemoei je er toch niet mee!'

'Wat heb jij daar in godsnaam te zoeken? Je bent achttien! Je zou moeten studeren in plaats van in een sekstent aan een paal te hangen.'

'Tjezus! Zet eens een andere plaat op! Altijd hetzelfde gezeik. Ik vraag jou toch ook niks? Dit gáát niet eens over jou!'

'Oh jawel, dit gaat wél over mij. Mijn dochter hoeft haar lichaam niet te verkopen. Je weigert mijn geld aan te nemen. Ieder ander kind zou dankbaar zijn!' Moeder bevrijdde zich uit haar eigen greep en balde haar handen tot vuisten. Zoals ze daar stond leek ze op Isabella. Eefjes lievelingspop had ook dat stomme afwachtende gehad, met van die slome ogen. Een schuldige blik die smeekte om straf, om harde actie. Eefje had experimenten bedacht en allerlei nare onderzoeken op haar uitgevoerd. Isabella had het allemaal overleefd en zat haar tijd uit – afgedankt maar netjes aangekleed, boven, op de plank tussen de beren.

Eefje hoorde het bloed in haar oren suizen. Ze telde zeven inademingen voordat er iets veranderde en moeders blik over de vloer naar het glimmende kookeiland zeilde. Ze leek de omgeving te scannen, op zoek naar vlekken, stofjes, etensresten. Haar lippen waren tot een strakke dwarse streep geperst.

Controlfreak, dacht Eefje. Dit was moeders terrein, hier had ze de controle die ze in de armzalige rest van haar leven was kwijtgeraakt.

Eefje stelde zichzelf keer op keer dezelfde vragen. Waarom zag haar moeder er altijd uit of ze op knappen stond? Was papa daarom, acht jaar geleden, van de een op de andere dag verdwenen? Vanwege die afschrikwekkende gesloten streep in moeders gezicht? Hoe zou het voelen als ze de lijn van die lippen, heel langzaam en precies, met de punt van een aardappelmesje zou volgen?

Dwars door een verhullend parfumwaas bespeurde ze de angst. Heel vroeger, in de snel vervagende film van haar kindertijd, had moeder naar veiligheid geroken. Als Eefje na een danswedstrijd haar vermoeide hoofd op moeders schouder legde, had ze haar geur gulzig opgesnoven, als een dier, met trillende neusvleugels. Het had haar hoofd licht gemaakt. Met haar neus dicht tegen die warme hals werd het verdriet om de verloren wedstrijd minder. Als ze gewonnen had werd ze er nóg lichter door, dan leek ze op te stijgen van gelukzaligheid. Het leek allemaal zo verschrikkelijk lang geleden – de pirouettes, het gekwebbel van de meisjes, de zachte witte beenwarmers.

'Dankbaar? Waarvoor? Wees dankbaar dat ik voor mezelf zorg!'

Na dit antwoord nam Eefje plaats op een van de hoge, lichtmetalen krukken. De mintgroene kunststof zitting was hard en koud onder haar billen. Ze voelde zich als iemand in een trendy woonmagazine. Het verschil was dat de modellen hier niet lachten. Niet naar de camera, niet naar elkaar.

'Ik kwam dus voor Rover. Ligt hij boven?'

Haar moeder trok haar schouders een fractie hoger.

'Is er ook iets te eten? Of doe je daar niet meer aan?'

Het duurde even tot de roep om voedsel doordrong en haar moeder in beweging zette. Ze liep naar een van de kersenhouten muurkastjes. Toen ze de deurtjes opende, keek Eefje mee naar de planken met hun last van rijen blikken en potjes.

'Ik bedoel gewoon een boterham. Misschien een tosti?'

Met opgeheven hoofd stond moeder voor het open kastje, er golfde een lichte rimpeling over de rug van de dunne stof van haar jurk. Eefje kon de siddering die de rimpeling veroorzaakte op haar eigen rug voelen. Ze durfde er een fles wodka op te zetten: er was drama in aantocht. Het zachte hijgen dat ze nu hoorde, was een tweede voorbode.

En daar ging ze. Ze stak haar armen omhoog, pakte lukraak potjes en blikken uit de kast en smeet ze zonder te kijken op het aanrecht. Eefje schoot in de lach, maar slikte het geluid onmiddellijk weer in. Ze had alleen maar om een boterham gevraagd. Ze hield haar gezicht in de plooi en bleef muisstil op haar kruk zitten. Nu opende moeder ook de grote voorraadkast. Pakken meel en rijst, bonen, suiker, pizzadeeg en voorgebakken taco's werden op tafel gesmeten. Onder haar oksels verschenen donkere plekken. Eefje hield haar blik strak op moeders graaiende armen gericht. Een handvol bestek uit de zware cassette met oma's tafelzilver belandde met zoveel rinkelend kabaal op tafel, dat ze schrok en onverhoeds even opkeek.

Moeders mondhoeken waren opgetrokken in een clowneske grijns. Uitlopende mascara verfde twee rafelige lijnen langs haar neus. Ze draaide zich snel om en leunde heel even tegen de koelkast, twee seconden maar, voordat ze hem opentrok en melk, wijn en een pak yoghurt op het aanrecht kwakte. Nu krijgen we het servies, dacht Eefje. Ze overwoog op te staan en moeder met haar zielige troep achter te laten, maar ze bewoog zich niet en bleef kijken naar de stapel borden die uit de servieskast werd gehaald. Glazen en kommen werden neergezet. Er gleed een kopje op de grond. Toen moeder zich bukte, meende Eefje een donkere vlek in haar jurk te zien verschijnen.

Moeder kwam razendsnel overeind. Ze hield zich een moment hijgend vast aan het tafelblad en liep toen zonder op te kijken of iets te zeggen naar de keukendeur. Even later rende ze over het gazon naar het houtschuurtje in de achtertuin.

Eefje stond op. 'Rover, poesiepoes, waar ben je?'

Boven keek ze eerst in de badkamer. Afgezien van een blouse en een ineengefrommelde handdoek was de wasmand leeg. Ze telde de potjes met pillen die in het openstaande medicijnkastje stonden, het waren er veertien. Een flinke blow zou waarschijnlijk een beter idee zijn om moeder te laten relaxen. Jim nam iedere avond een paar blowtjes. Soms deed Eefje mee en voelde ze zich zacht worden. Bang als ze was dat ze haar wil zou verliezen, weigerde ze meer dan een enkel trekje te nemen. Jim was vaak zo stoned dat ze met hem zou kunnen doen wat ze wilde. Ze fluisterde graag in zijn oor, zo zacht dat hij het onmogelijk zou kunnen verstaan. 'Ik kan alles met je doen, alles.' Ze was blij dat hij haar niet hoorde, want ze zou niet weten wat ze met hem zou willen doen. Het was gewoon een lekker gevoel, iets met macht.

Ze verliet de badkamer en ging moeders slaapkamer binnen. Het sprei lag glad over het brede bed, Eefje pakte het bij een punt vast en trok het met een flinke ruk op de grond. Ze sprong op de matras en maakte een dansje. Beide hoofdkussens roken naar parfum.

'Rover, kom dan! Eefje is er weer.'

Ze rolde van het bed en keek uit het raam. De straat was leeg, op enkele geparkeerde auto's na. Aan de overkant besproeide een buurman bloeiende struiken. Moeders verrekijker stond in de vensterbank. Eefje pakte hem op. Ze draaide aan de knop en haalde het kalende hoofd van de man dichterbij. Op de gladde huid zaten grillig gevormde donkere vlekjes. De rug van zijn overhemd was donker en plakte tussen zijn schouderbladen. Eefje legde de kijker terug. Moeder zou ook wel toe zijn aan een douche, ze zou niet lang meer in de tuin blijven.

In haar meisjesslaapkamer was alles nog precies hetzelfde als twee jaar geleden, toen ze was vertrokken. Ook hier geen Rover. Het dode pluche van de beren zag er vaal en armoedig uit. Isabella's blinde ogen waren onzichtbaar onder de klep van de pet die ze droeg. Wijdbeens en scheefgezakt zat ze tussen de beren.

Eefje trok de pop van haar plek en draaide de armen in een onmogelijke positie op de poppenrug. Ze trok de klep van de pet verder naar beneden, pakte haar bij een voet vast en sloeg haar keihard tegen de rand van het houten bureautje. 'En nu voor straf met je hoofd onder de dekens.' Eefje voelde hoe het in haar handpalmen prikte toen ze de pop tussen de lakens schoof en goed strak instopte.

'Rover! Rovertje, waar ben je?'

Toen ze op weg naar beneden weer langs de badkamer liep, ging ze er opnieuw naar binnen. Ze stapte in de badkuip, en toen ze op haar rug op het koude porselein lag, moest ze de neiging bedwingen de kranen open te draaien. Ze was nooit eerder met kleren aan in bad geweest. Voordat hij verdween, had papa haar altijd in bad gedaan. Na haar lessen en danswedstrijden was ze in het warme sop gegleden dat hij voor haar had opgeklopt tot het schuim in hoge pieken stond. Ze vond het heerlijk als hij met de spons vanaf haar nek wervel voor wervel naar beneden ging. 'Hobbeltje bobbeltje naar benee, hee een rib, en hier nog twee...' Slap van de lach had Eefje hem natgespetterd. Dan ging het verder: 'Hee, twee bolletjes billetjes fijn, dan moet hier het huisje zijn.' Als hij helemaal beneden bij haar 'slakkenhuisje' was aangekomen, nam Eefje de spons van hem over en waste ze zich verder zelf. Soms was hij komen kijken als ze in bed lag. Hij kon haar natte haren zo zacht van haar voorhoofd vegen en haar voeten warmen. Eefje kon soms, als ze na een vermoeiende avond in de club naast Jim in bed lag, de warmte van papa's handen op haar pijnlijke voetzolen voelen.

Als kind was ze het liefst in haar complete ballettenue gaan slapen. Maar ze moest een nachtpon aan, of een pyjama. Als haar ouders haar welterusten hadden gewenst, had ze de beenwarmers vaak stiekem toch weer aangedaan. Ze hoopte dat ze haar zouden helpen met mooie dansdromen.

Eefje stond op en stapte uit de badkuip. Ze pakte een glazen potje met pillen en liet de inhoud van grote hoogte in het bad kletteren. Het bad werd een miniballenbak. Een voor een goot ze de potjes leeg, het rinkelde en tinkelde dat het een lust was. Ze begon te zingen. 'Dag pillen, dag dromen, dag vader, dag moeder.' Toen de veertien potjes leeg waren, haalde ze haar hand met lange halen over de badbodem, ze zou zo handenvol pillen in haar mond kunnen proppen, zoals ze soms met Smarties deed.

Rover liet zich nog steeds niet zien. De droom die haar naar haar ouderlijk huis had gelokt, begon zich langzamerhand terug te trekken. Eefje had het gevoel dat er in de donkere spelonken van haar geest honderden dromen huisden – onzichtbaar, maar klaar voor de aanval.

Ze rende de trap af. Op een tafeltje in de hoek van de keuken stond moeders vintage draaischijftelefoon. Ze stak vier vingers in de rondjes op de schijf, haar duim paste er net niet in. Nadat ze de hoorn had opgenomen, draaide ze het nummer van Jim. Hij nam niet op en na de pieptoon sprak ze een boodschap in. 'Met Eef. Hé, mijn gekke moeder zit weer eens achter het houthok. Het is hier een grote klerezooi. Ik wou Rover halen, maar ik zie hem nergens. Als ik hem vind, neem ik hem mee. Als jij dat tenminste goedvindt... anders bel je maar.'

Ze verbrak de verbinding. Naast de telefoon lag boven op een keurig stapeltje tijdschriften een kleine brochure met een foto van een groot, donker landhuis. "Cursussen en seminars", stond erop. Eefje gaf een duwtje en keek toe hoe de glanzende papieren stapel langzaam uit elkaar gleed en op de grond viel.

Nu heerste er stilte. Door het raam kon je de donkere zijkant van het houthok zien. Ze stelde zich voor hoe haar moeder daar achter de houtblokken verborgen zat. Of stond. Of lag. Ach, dacht ze, wat een onzin, haar moeder ging echt niet liggen op iets wat ze niet eerst zelf had schoongemaakt.

De lukraak neergesmeten spullen vulden de steriele ruimte. Iedereen klooide ook maar wat aan. Iedereen deed maar wat. Zoop, loog, neukte, fokte baby's, liep weg, hield zijn bek stijf dicht. En was vooral met zichzelf bezig. Haar moeder zou hier moeten zijn om de boel op te ruimen. Ze was net een kind, een nepvolwassene.

Er was een kopje op de grond gerold, een grote barst deelde het glazuur in tweeën. Eefje schopte ertegenaan. Het knalde in twee helften uiteen tegen de muur. Haar oog viel op het tafelblad. Het zilveren bestek had er krassen in gemaakt. Met de scherpe punt van een van de messen volgde ze de loop van de grootste kras. Ze diepte hem nog wat uit en nam ook de rest onder handen.

Waar was hier tegenwoordig het brood verstopt? Ze trok lades en kastdeurtjes open en vond uiteindelijk een pak crackers, een rol beschuit en een onaangebroken ontbijtkoek. Ze scheurde de verpakking van de koek en sneed twee dikke plakken af, direct op het aanrechtblad. Daarna smeerde ze een flinke laag roomboter op beide stukken en plakte ze op elkaar. Het mesje, met resten boter en koekkruimels, stak ze rechtop in de boter. Ze propte de koek naar binnen en liep kauwend naar het raam.

Haar adem liet een waas achter op het glas, ze schreef er met de nagel van haar wijsvinger snel haar naam in. Het gevoel herinnerde haar aan de vlijmscherpe gutsen die ze vroeger op school gebruikt had. Het was opwindend geweest de getekende lijnen op het linoleum heel precies te volgen en de dunne, voor de guts uit krullende, sliert te zien ontstaan. Bij Isabella was het effect ronduit slecht geweest, de guts had direct door het plastic heen gesneden.

Door de ragfijne letters op het raam zag ze hoe haar moeder tevoorschijn kwam. Het was alsof haar gestalte oprees uit het stapeltje gekloofde stammetjes naast het houthok. Toen ze bijna rechtop stond, stak ze een arm uit en hield zich even vast aan de hoek van het houthok. Er was een korte wankeling toen ze losliet. Eefje kon zien dat moeder een diepe teug lucht inademde voordat ze naar het huis toeliep. Ze was op blote voeten en in haar onderjurk, als een uitgeputte danseres aan het eind van een voorstelling.

Eefje had er schoon genoeg van publiek te zijn bij deze drama's. Ze bedwong de neiging te applaudisseren, naar buiten te rennen en een denkbeeldige bos rozen voor de eeltige voeten te smijten. Toen drong de boog in haar moeders bovenlichaam zich aan haar op. En moeders handen, stijf tegen haar onderbuik gedrukt.

De aanblik van de gebogen gestalte zoog de lucht uit Eefjes longen. Daarachter drong ijzige leegte naar binnen, die zich helder en koud als winterse rijp in haar borst vlijde. Nu kromde ze zelf haar schouders en legde haar handpalmen plat tegen het raam, vlak naast haar gezicht. Haar voorhoofd lag onder de schaduwachtige afdruk van haar naam en ze zag hoe moeder langzaam naderbij kwam. Ze keek en wachtte, tot moeder eindelijk haar handpalmen en haar voorhoofd tegen de hare legde. Het raam stond koud en hard tussen hen in. Ze bedacht dat ze in lange tijd niet zo dicht bij elkaar waren geweest. Achter haar ging de telefoon, maar ze bewoog zich niet.

Moeders gezicht was vlakbij, het werd afwisselend helder en vaag door de condens die hun ademhaling op het glas achterliet. Als moeder nu zou willen spreken zou ze onverstaanbaar zijn. Ze leken er beiden voor te zorgen dat er altijd iets tussen hen in stond. Hoe had ze vroeger ooit haar hoofd tegen die walgelijk dunne nek kunnen leggen? De zware parfumgeur waarin ze vroeger verdwijnen kon, wekte alleen nog braakneigingen op. De moeder die ze geweest was, was tegelijk met vader verdwenen. Eefjes balletkleren en de beenwarmers waren na iedere wasbeurt gekrompen tot poppenformaat. Moeder was uiteindelijk gestopt met het kopen van nieuwe danskleding en Eefje stopte met haar balletlessen. Moeder kreeg een nieuwe hobby, huishouden, terwijl Eefje zich 's avonds in slaap huilde en geregeld in het holst van de nacht wakker werd. Dan ging ze in het donker rechtop in haar bed zitten, wachtend op vaders voetstappen op de trap. Vader zou niet meer komen. Hij was ziek in zijn hoofd, hij zou de weg naar huis nooit meer terug kunnen vinden. Nooit meer.

Of er nu glas of 'onbekende bestemming' tussen haar ouders en Eefje in stond, het maakte niet uit, de onbereikbaarheid was er niet minder om.

Plotseling keken moeders ogen recht in de hare. Eefje wilde het glas wel stukslaan om die blik voorgoed te laten verdwijnen. Moeder zag eruit als een koe die naar de slacht wordt geleid. Een koe die het weet en zich desondanks willoos laat meevoeren. Het moest nu maar eens echt afgelopen zijn.

Eefje draaide zich om. Ze negeerde de almaar rinkelende telefoon en keek weer rond. 'Rover, poespoespoes.' Haar stem galmde door de gang, omhoog door het trapgat en door de voordeur de straat in. De kat liet zich niet zien.

Toen ze de voordeur achter zich dichtsloeg, voelde ze niets. De stille leegte in haar borst liet zich voorlopig niet vullen. Er was geen ruimte – niet voor opluchting, niet voor verdriet en niet voor woede. Haar fiets stond er nog. In deze buurt werden geen fietsen gestolen.

Ze ging naar huis. Vanavond moest ze in de club werken en ze wilde nog boodschappen doen. Jim zou thuis komen eten en hij hield er niet van als ze niet had gekookt. Meestal hield hij ook niet van wat ze wel klaarmaakte. Het enige wat hij met smaak naar binnen werkte waren de biertjes die ze hem serveerde. Als hij zijn hoofd achterover kantelde om het bier makkelijker naar binnen te gieten, trok zijn bleke huid strak over zijn adamsappel. Soms stelde ze zich voor hoe ze met het vleesmes een ragfijne snee zou maken, dwars over dat fijne vel. De uiteenwijkende huid zou een bloedrode streep vormen. Ze zou net niet te ver gaan, hij was geen speelgoed.

Ze hield ook van hem als hij na het eten een jointje rookte. Eefje gaf hem vuur met de benzineaansteker, Jim hield van de geur van benzine vermengd met de lucht van seks. 'Ruik ik daar een slettenkutje?' Dan kwam ze dichterbij en ging naast hem staan. Zijn rechterhand klemde zich graag om een van haar dijen. Hij inhaleerde diep terwijl zijn vingers omhoog klommen onder haar korte rokje. Wanneer zijn vingers haar kruis raakten, stokten zijn bewegingen en blies hij lome rookkringen de lucht in. Eefje hield van de traag zwevende cirkels die langzaam oplosten. Dan nam ze de peuk uit zijn vingers en doofde die in de asbak. Ze schoof haar rokje omhoog en leunde met haar billen tegen de tafel, haar ellebogen steunend op het tafelblad. Terwijl zij doodstil stond, bleef hij met een stonede blik naar haar kijken en haalde zijn geslacht tevoorschijn. Hij stak zijn vingers diep in haar en trok zich met zijn andere hand af. Als Eefje zag dat hij bijna klaarkwam, boog ze zich naar hem toe. Ze bood hem haar gezicht, met gesloten ogen en wijd open mond. Hij snoof haar lucht op van zijn vingers en deed grauwend een greep in haar haren. Ze hield van de scherpe pijn aan haar haarwortels en van de lauwe spetters tegen haar gezicht. Ze likte de dikke vloeistof van haar lippen en voelde een bevrijdende mengeling van trots en opluchting als hij haar losliet en zich van haar afwendde. Jim was duidelijk in wat hij van haar vroeg en liet haar met rust wanneer ze aan zijn vraag had voldaan. Daarna ruimde ze de tafel af. Ze aten nooit een toetje.

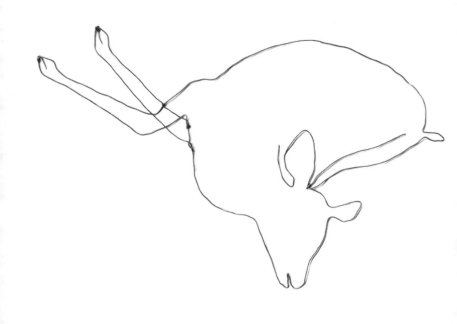

Kanteling

Hoogpotig en houterig zwermen de meisjes door de smerige bermbegroeiing, als een groepje scholeksters. Af en toe steekt een van hen een duim omhoog, vaker brengen ze het vlammetje van een aansteker naar de sigaret tussen hun lippen. Ze roken rillend en lopen heen en weer. Soms glijdt er een schoen van een voet, wanneer een puntige hak in de bijna bevroren grond blijft steken. Hun benen lijken bloot, of slechts bedekt door ragfijne panty's. Een enkel meisje draagt snowboots, de bontrand om de kuiten geeft haar dunne benen met knokige knieschijven iets kinderlijk hoerigs.

Het is die combinatie, denkt Alma, waarmee op deze plek het best geld te verdienen valt. Het oog van de voorbijrazende truckers wordt getrokken door de felgekleurde lippen en schoenen, de hoge hakken en de bontjackjes die de meisjes allemaal dragen. De chauffeurs hebben natuurlijk bij collega's naar de beste plekken geïnformeerd, of in Google op een term als "bermhoer" gezocht. Nu rijden ze voorovergebogen over het stuur en met een halfstijve achter hun broekrits langs de uitgestalde koopwaar.

Alma huivert bij het beeld dat ze ongewild zelf oproept.

'Hier! Een hele grote!' Veronica's stem komt van de andere kant van de heuvel.

Alma schrikt op, ze was ver weg met haar gedachten. Snel stopt ze de verrekijker in haar jaszak en hervat de klim. Kletsnatte bladeren glijden onder haar schoenen vandaan. Ze houdt zich vast aan een kale tak en hijst zich op. Als ze boven is, kijkt ze nog een keer achterom. Er is een grote vrachtwagen gestopt en een van de meisjes draaft struikelend naar de cabine. De deur wordt met een zwaai geopend, het meisje klimt omhoog en wordt opgeslokt. Dan sluit de wagen zich en trekt hij stotend op.

'Waar blijf je nou, Alma? Kijk eens hoeveel er hier groeien.'

Veronica staat voorovergebogen, het rieten mandje in haar hand is al halfvol. De paddenstoelen die ze verzameld heeft zien er op de een of andere manier ranzig en wellustig uit. Ze zijn diep donkerbruin en rijp, sommige verkeren op het randje van verrotting.

Alma blijft er even naar kijken. Ze hijgt en voelt hoe het dunne hemdje dat ze onder haar dikke wollen trui draagt doorweekt raakt. Ongeduldig trekt ze de rits van haar jas open en wappert met de jaspanden. Een eindje verderop ziet ze de anderen, drie kleurige vlekken tussen bruin blad en kale takken.

Ze wordt een beetje misselijk als ze eraan denkt dat ze de paddenstoelen straks in de grote keuken van het huis zullen klaarmaken. Ze proeft haast de slijmerige textuur, ruikt de muffe schimmelgeur. Ooit heeft ze per ongeluk een oester kapot gekauwd. Het was de eerste keer geweest dat ze zoiets aangeboden kreeg. Toen ze het ding – een levend dier! – in haar mond had gestoken, moest ze haast overgeven. Omdat ze de oester niet durfde uitte spugen of door te slikken, was ze begonnen te kauwen. Het stevige, glibberige weekdier liet zich echter niet zomaar fijnmalen. Ze had harde dingetjes gevoeld, draadjes, en iets vloeibaars. Het kraakte. Met een hand voor haar mond gedrukt was ze naar buiten gerend. 's Avonds, thuis, hadden ze er ruzie over gekregen. Carl had haar op hoge toon uitgelegd hoe buitengewoon belangrijk het was dat zij, als vrouw van de voorzitter van de raad van bestuur, een chique uitstraling bezat. Of die minstens zou moeten kunnen voorwenden. Nu had ze hem met haar idiote aanstelleritis compleet voor schut gezet. Als ze zich niet wist te gedragen, zou hij zich in het vervolg genoodzaakt zien haar te excuseren op dit soort bijeenkomsten.

Hierna had ze zich gewaarschuwd geweten en zich aangepast, zo goed zelfs dat ze had geleerd oesters te eten zonder te kokhalzen. Tenminste, dat had ze gedacht. Want sinds de kanteling was de weerzin tegen alles wat week, levend en glibberig was weer gewoon teruggekeerd.

Het natte bladerdek, de druipende takken en de flarden rook van sigaretten en houtvuur waren precies wat ze na het lezen van de brochure verwacht had van deze afgelegen streek in Polen. Maar niet de hoeren, die waren nergens genoemd.

De vrouwen langs de weg, meisjes als Eefje, hoorden op school te zitten of op hun werk. Alma wilde dat ze warm, schoon, maar boven alles veilig waren. Thuis, met kopjes thee en een schaaltje zelfgebakken koekjes. De bank bezaaid met tijdschriften, warme sokken en een ronkende kat. Verdiept in moeder-dochtergesprekken, heen en weer springend tussen relaties, werk, de toestand van de wereld en hormonen.

'Alma, waar is jouw vangst?' Veronica loopt op Alma af, haar eigen goed gevulde mandje triomfantelijk hooggehouden door een gestrekte arm. Ze is net een kleuter die een werkstukje aan juf laat zien. Nu houdt ze de paddenstoelen vlak onder Alma's neus. 'Hier, ruik eens, echt herfst.'

Alma wendt haar gezicht af, weg van de glibberige, bruine massa die haar voorgehouden wordt. Ze doet een stap naar achteren en laat haar eigen mandje zien. 'Niks. Ik vergeet helemaal naar de grond te kijken. Heb je die meisjes beneden aan de weg gezien?'

'Ja, vreselijk. Maar dat heb je in dit soort landen, en ze zitten geloof ik graag zo vlak bij de grens.' Terwijl ze praat, speurt Veronica met haar ogen nog steeds de grond af. 'Die meisjes hebben tenminste werk en dus een inkomen. Laten we even doorlopen naar de anderen.'

Veronica loopt voorovergebogen naar de rest van hun groepje. In de verte ziet Alma een ree staan. Het dier staat doodstil met zijn kop naar haar toegekeerd. Vanuit het struikgewas verschijnt nog een ree. Deze is een stuk kleiner. Het moeten een vrouwtje en haar jong zijn. In Alma's borst verspringt iets, ze houdt haar adem in. Ze roept de anderen niet, maar staart naar het tweetal en voelt hoe haar ogen vollopen.

'Een hert! Kijk, daar! Ach, met een Bambi...' Sandriens stem zet de reeën in beweging. Twee seconden later zijn de dieren verdwenen.

'Waar? Waar?' De anderen roepen en trekken aan elkaars mouw om de juiste plek aangewezen te krijgen.

Als Alma haar ogen sluit ziet ze, een kort moment, de omtrek van de reeën op haar netvlies. Ze veegt langs haar ogen en duwt haar handen tegen de pijn in haar buik. Vanaf het moment dat alles kantelde, wordt ze op de gekste momenten overvallen door dit soort fysiek ongemak. 'Sentimentele ongein, Alma, er is immers niet echt iets gebeurd', vond Carl. Ze moest zich ertegen verzetten, zou zichzelf moeten afleiden met maatschappelijk relevante activiteiten. Alma had gezwegen en binnen een week echtscheiding aangevraagd.

'Dames, vier mandjes eekhoorntjesbrood! Dat wordt een culinaire verrukking.'

'Met een flesje wit. Want wat is een godinnendiner zonder bubbels?'

'Alma, heb jij helemaal niets gevonden? Hier, neem wat van mij. Anders lijkt het zo sneu.' Marlies trekt Alma's mand naar zich toe en gooit de bovenste paddenstoelen van haar eigen verzameling erin. 'Zo, hoef jij je niet te schamen. Ben je altijd zo'n dromer?' Zonder op Alma's antwoord te wachten marcheert ze weg, voor de troepen uit het dalende bospad af.

Alma huivert bij het horen van de toon die geen tegenspraak duldt. Van de deinende smalle rug in het spierwitte donsjack en de kordate stappen die Marlies neemt. Haar bergschoenen heb-

ben precies de juiste profieldikte en de bruine ribbroek met rit-
sen duidt op efficiëntie en voorbereiding.

Toen ze eergisteren met hun vijven aankwamen op het piep-
kleine stationnetje was Alma al doodmoe geweest van de informatie die Marlies over hen uitgestort had gedurende de trein-
reis vanuit Nederland.

Vijf vreemde vrouwen die een week met elkaar gingen door-
brengen. Eigenlijk zeven, met de begeleiding meegerekend.
"Een krachtweek waarin we de godin in onszelf mogen ont-
moeten en omarmen." Zo had het in de folder gestaan die Alma
uit de bibliotheek had meegenomen. "We gaan de gebeurtenis
waardoor je leven kantelde vanuit een nieuw perspectief be-
zien, waardoor je nieuwe krachtbronnen zult aanboren." Er
stond ook dat dit soort weken soms vergoed werden door je
ziektekostenverzekering of door een werkgever. Alma had geen
baan meer, maar wel een gevulde bankrekening. Ze had beslo-
ten op eigen kosten mee te doen, niemand hoefde er iets van te
weten.

Veronica en Ans komen aan weerszijden van haar lopen.
'Heb jij wel eens paddo's gehad, Alma?'

Ans stelt de vraag giechelend, op de samenzweerderige fluis-
tertoon die Alma zo goed van haar middelbareschooltijd kent.
Een toon die een cocon weeft, die derden weert en buitensluit.
Door deze toon nu wordt ze bondgenoot gemaakt. Maar ze
heeft moeite de vraag te begrijpen en zoekt de blik van Ans.
'Paddo's?'

Boven hen vormen de donkergroene takken van de oude beu-
ken een koepel van onregelmatig geweven kantwerk, scherp af-
stekend tegen de heiige lucht die in het bos hangt. Beneden, onder aan de heuvel, klinkt af en toe het geluid van remmende en
optrekkende vrachtauto's.

'Paddo's! Het dagelijks voedsel van bosgodinnen. Je gaat ervan hallucineren, en de waarheid openbaart zich aan je. Kom
Alma, daar heb je vast wel over gehoord.' Veronica pakt de

mouw van Alma's jas beet en geeft er korte rukjes aan. 'Zou jij dat niet willen, Alma? Lekker even helemaal van de wereld zijn? Al je zorgen en toestanden vergeten. Eens helemaal uit je bol gaan, lijkt je dat niet heerlijk?' Veronica draait met haar ogen en houdt haar pas in. Ze zucht. 'Ik zou wel willen.'

Ze vertragen alle drie en staren naar de geoogste paddenstoelen. Ans neemt een groot exemplaar tussen duim en wijsvinger, houdt hem vlak bij haar ogen. 'Stel dat deze bruine jongens giftig zijn. Niks eekhoorntjesbrood, maar broertjes of verre neefjes. Dat dit de dodelijke tak van de familie is.'

Sandrien en Marlies zijn nog slechts twee bewegende vlekken ver voor hen op het kronkelende pad. Aan Alma's sportschoenen kleven bladeren en klonten natte aarde. Ze staan nu helemaal stil. Hun adem wordt telkens even zichtbaar, als snel vervagende grijzige pluimen.

'Ha!' Alma's onverwachte uitroep doet de twee vrouwen naast haar achteruit deinzen. 'In Amsterdam is laatst een meisje uit het raam gesprongen onder invloed van paddo's, ze was op slag dood. Nu zijn ze geloof ik verboden. Of het hier ook illegaal is weet ik eigenlijk niet.'

Ans en Veronica kijken haar met opgetrokken wenkbrauwen aan. De lach is verdwenen, uit de lucht en van hun gezicht.

'Zo serieus bedoel ik het nu ook weer niet, ik dacht gewoon even in het kader van het godinnenverhaal. Meer niet.' Ans klinkt geïrriteerd. Ze beweegt haar hoofd naar voren, een vinnig knikje ten teken dat ze verder wil. Ze hervatten de wandeling.

'Serieus, Alma, gebruik jij wel eens wat? Drugs, bedoel ik.'

De vraag blijft onbeantwoord tussen hen in hangen. Alma neemt grote passen, slippend op haar gladde rubber zolen zonder een spoortje profiel. Slalommend probeert ze de diepste plassen te ontwijken. Drugs... Eefje gebruikt vast drugs.

Ze maakt zich zorgen over het programma van vanavond. Rond de grote tafel gezeten zullen ze de door hen zelf geplukte paddenstoelen eten en om beurten hun kantelverhaal vertellen. De avondmaaltijd luidt de start van de reinigingsrite in, een belangrijk onderdeel van het helende proces waar ze deze week met elkaar doorheen zullen gaan. Alma is nerveus, ze heeft haar verhaal nooit eerder verteld. Zelfs niet aan Eefje. Juist niet aan Eefje. Ook dat weet niemand, dat ze een geheim heeft voor haar eigen dochter. En dat dat geheim haar ziek maakt. Ze zal woorden moeten vinden, en moed, om ze uit te spreken.

In het telefonische voorgesprek dat ze een paar weken geleden had met Martje, was Alma panisch geworden van het idee te moeten praten. Maar ze had geen antwoord gehad op Martjes vraag naar hoe ze de toekomst voor zich zag. De realiteit was dat ze volkomen verstrikt was geraakt in de film van haar verleden. Het begrip kanteling had haar aangesproken. Ze had geen enkele uitweg meer gezien nadat Eefje de deur achter zich had dichtgetrokken.

Daarom had ze ook de brochure over Polen uit de bibliotheek meegenomen. Ze snakte naar een nieuwe kanteling. Terug zou wel niet kunnen, maar een andere kant op zou moeten lukken. Ook al had ze weinig affiniteit met het godinnenverhaal, Alma had naast haar angst en schaamte iets van vertrouwen gevoeld in het telefoongesprek met Martje. Daarom is ze nu hier.

Martje zit met gesloten ogen, haar handen liggen losjes in haar schoot. Sandriens verhaal deint nog een beetje na op de lucht van gebakken paddenstoelen en sinaasappel in de eetkamer. Alma heeft naar het verhaal over de drie abortussen geluisterd terwijl er bittere gedachten in haar opkwamen. Ze vindt dat Sandrien zichzelf veel ellende heeft bespaard. Haar ongeboren vruchten hebben niemand kwaad kunnen doen, ook zichzelf niet.

Alma probeert te bedenken wanneer er precies leven komt in een klompje cellen. Als het hartje volgroeid is en het zijn eerste klopje maakt? Hoe ontstaat dan die allereerste hartslag? Doet het hartje dat zelf of zit er iets achter, is het de geest die op dat moment in de embryo vliegt? Wordt een embryo een foetus als het leven bezit neemt van het vlees? En waarvandaan komt die geest, dat leven, die aanzet tot beweging? En is geest hetzelfde als ziel? Wanneer ben je eigenlijk moeder? Ben je ook moeder als je een centimetertje cellen laat weghalen?

Sandrien staart in de bewegende vlammetjes van de drie witte, fraai gedraaide waskaarsjes die ze zonet heeft aangestoken. Het flakkerende licht doet pijn aan Alma's tranende ogen.

Ze leidt zichzelf af door naar de donkere houten lambrisering te kijken, en het gebloemde behang daarboven. Ooit was het cursuscentrum een vakantiekolonie voor de kinderen van de arbeiders die hier vroeger in de mijnen werkten. De foto's in de brochure zijn bij nader inzien wel erg voordelig genomen, misschien zijn ze wel gefotoshopt. Alma mist overdag het licht dat bij haar thuis zo fijn door de grote ramen en de glazen schuifpui valt. Het vuur in de haard is wel erg comfortabel, ze houdt van de directe warmte en het golvende rood en geel.

Marijke schenkt de glazen voor de tweede keer vol met een mousserende witte wijn. Veronica schenkt water bij, het bestek en de gebruikte schalen en borden zijn afgeruimd. Alma heeft slechts van het brood en de salade gegeten. En een klein vruchtencakeje met stukjes vers fruit als dessert. Uit de geluiden die tijdens de maaltijd klonken maakte ze op dat de paddenstoelen voortreffelijk waren.

Veronica komt binnen, de geur van nicotine hangt bitter om haar heen. Als iedereen zit, opent Martje haar ogen. Ze neemt de tijd om haar rug te rechten. 'Sandrien, is het goed dat we verder gaan? Fijn. Wel, Alma...' Ze stopt en kijkt Alma glimlachend aan.

'Wat is jouw verhaal, Alma? Wat is het kantelmoment dat jij in het licht wil brengen?' Martje legt haar beide handen plat op tafel, klaar om te luisteren.

Alma ziet het leven in de kleine vlammetjes en ze hoort het snelle stromen van haar bloed in haar oren. Haar hart bonkt. De vrouwen zitten bewegingloos om de tafel. Ze wachten. Die stilte, dat stille zitten en afwachten treft Alma als een plotselinge pijnaanval in haar buik.

'Mijn dochter...' Ze spuugt de twee woorden uit, alsof ze de kracht van woede nodig heeft om te kunnen spreken. 'Mijn dochter is een hoer.' Ze voelt het bloed uit haar wangen trekken, en op haar voorhoofd prikt een vochtig waas. Ze richt haar blik onafgebroken op de tafel. 'De laatste keer dat Eefje thuis was, ging het helemaal mis. Ze zat bij me in de keuken, ze zei dat ze honger had. Ik dacht: wie zegt dat ik niet voor mijn kind kan zorgen? Ik haalde alles uit de kast. Etenswaren, het tafelzilver dat haar vader en ik voor ons trouwen van mijn schoonouders hadden gekregen. Messen, lepels en vorken, ik smeet ze allemaal boven op elkaar. Een stapel borden, glazen, mokken en theekopjes. Ik kon niet stoppen.'

Buiten adem kijkt ze om zich heen. Op de gezichten van de vrouwen rond de tafel meent ze kritische nieuwsgierigheid te lezen. In hun zwijgen hoort ze hen de ernst van het opgebiechte leed bepalen en het langs de meetlat van *makkelijk-moeilijk-onmogelijk hanteerbaar* leggen. Ze ziet aan de toegeknepen ogen hoe ze elkaars verhalen vergelijken en proberen uit te maken of ze er zelf wel zo slecht aan toe zijn als ze dachten, en wie zich misschien aanstelt. Alma ziet ze denken. Je dochter een hoer, nee, zo erg is het bij ons gelukkig niet. En: wat zou Alma in hemelsnaam hebben gedaan dat haar dochter tot zoiets gedreven wordt?

Ze neemt een grote slok uit haar waterglas en trekt enkele tissues uit de doos die Martje en Marijke midden op tafel hebben klaargezet. Beide begeleiders knikken bemoedigend. Ze slikt en haalt diep adem voor de volgende spurt.

'Ik weet dat ze de hele tijd naar me keek, want ik voelde haar ogen steken. Toen werden mijn oksels drijfnat, en dan duurt het niet lang meer. Ik smakte snel nog melk, cola en een paar flessen witte wijn op tafel. Tot de pijn door mijn buik sneed. Daardoor klapte ik dubbel, dus ik moest wel ophouden. Ik keek niet één keer naar Eefje toen ik naar de tuindeuren rende. Zij kan zich toch zo goed zelf redden? Dat dacht ik. Dat zegt ze altijd. Achter in de tuin zakte ik tegen het houthok door mijn knieën. Toen ik mijn ogen weer opendeed, keek ik recht naar de bult in het gazon waar ik Rover had begraven. Eefje was nota bene voor de kat gekomen. Ik durfde haar niet te vertellen dat hij dood was. Mijn hoofd deed zeer en ik lag helemaal scheef tegen de achterwand van het schuurtje. Ik duwde mijn handen heel hard in mijn buik, dat doe ik altijd. Gewoon om iets anders te voelen.'

Alma haalt haar handen van haar buik en bekijkt ze. Ze is verrast door haar laatste bewering. Dat wist ze niet, dat ze het daarom deed.

'Toen ik weer adem kreeg, rook ik de stank van verrot hout en schimmel. Daardoor begon de film weer. En ook door de tranen, denk ik. Ik haat het zo verschrikkelijk, al dat vocht dat uit mijn lijf komt. Door de tranen gaat het stromen en komen de beelden... In het begin zijn ze zwart-wit, en komen ze een voor een, later wordt het een film, soms in kleur...'

Ze haalt haar neus op en haar vingers friemelen aan de gehaakte rand van het tafelkleed. In de stilte na haar woordenvloed knalt er een houtblok in de open haard. Plotseling staat ze op en duwt ze beide handen stevig tegen haar buik. 'Sorry, ik moet heel nodig.'

Niemand houdt haar tegen als ze wegloopt. In de gang staat een keurig rijtje smerige schoenen onder de radiator. De kapstok is overladen met jassen en sjaals. Ze loopt door naar haar kamer, haar voetstappen klinken hol op de plavuizen vloer. Het is alsof ze met iedere stap die ze zet moeilijker adem kan halen, om haar borst zit een lus die strakker en strakker aangetrokken wordt. Ze opent de deur van haar kamer en struikelt naar binnen. Het is ijskoud, maar ze laat zich op haar bed vallen. Door het raam in de tegenoverliggende wand ziet ze de nachtlucht met eindeloos veel glasheldere sterren. Ze lijken te trillen van leven en van kleur te verschieten. Alma vouwt haar handen en wenst en wenst en wenst met de hartstocht van een bijna-jarig kind: geef me woorden, geef me moed. Geef me durf.

'Alma. Is alles in orde?' Martjes stem klinkt en Alma ziet de deurklink bewegen. Ze is niet in staat zich te verroeren, ze zou niet weten hoe ze haar kaken van elkaar af zou moeten krijgen. De deur gaat open. 'Alma, mag ik binnenkomen?'

Martje pakt het dekbed van het andere bed in de kamer en legt het over Alma heen. 'Het is hier een beetje koud, vind je niet?' Ze gaat naast het bed op de grond zitten. 'Mag ik iets zeggen, Alma, of aan je vragen? Kun je me horen?'

Alma's hoofd beweegt heel even op en neer. Haar lippen trillen zo erg dat de woorden erachter blijven steken.

'Weet je, wat je zonet vertelde raakte me diep. Dat beeld van jou tegen dat schuurtje. Een vrouw voor wie de last te zwaar is. Hier is een kans, Alma, een gelegenheid om je te ontdoen van die last, wat het ook is. Je kunt die last van je schouders laten glijden. Het is genoeg geweest, je hebt hem lang genoeg gedragen. Vertel verder, Alma. Maak je verhaal af, ontdoe je van het gewicht dat je meetorst.'

Terwijl Martje rilt en in haar handen wrijft, vindt Alma haar stem terug. 'Wil je de kachel aandoen?'

Martje staat op en draait aan de knop van de radiator. Rochelend komt er iets op gang in de buizen langs de muur. Martje blijft voor het raam staan, haar handen liggen om haar bovenarmen. Zilvergrijze krullen hangen op haar schouders. 'Je eerste zin. Wat doet dat met jou, dit over je dochter te zeggen?' Ze draait zich om en slaat haar ogen neer, zodat Alma ruimte krijgt om te spreken.

'Hij zat aan haar. Haar vader. Hij kon niet van haar afblijven. Ik heb het gezien.' Alma fluistert, monotoon maar duidelijk.

Martje gaat op het voeteneind van haar bed zitten. Het verwarmingsstelsel reutelt en ruist. Alma staart naar de glinsterende sterren aan de Poolse hemel. Ze wenst dat haar verhaal in al dat zwart zou kunnen verdwijnen.

'Hij lag geknield voor Eefjes bed. Zijn touwring glom aan zijn vinger. Hij had haren op zijn handen, pikzwarte harde haren. Zelfs zijn vingerkootjes waren bedekt... als een vachtje.' Alma's knokkels worden spierwit, ze hoort zichzelf slikken.

'De deur stond op een kier. Hij zat precies in het licht uit de gang. Hij had een gestreept, flanellen pyjamajasje aan. Zijn hand lag tegen het been van Eefje dat onder het laken vandaan kwam. Ze droeg haar witte beenwarmers... afgezakt rond haar enkels. Carl was toen al kalend, ik zag een lichte plek op zijn hoofd. Het rijtje knuffelbeesten zat doodstil op de plank boven het bed. Op het kleed naast het bureautje lagen een paar halfgeklede Barbies. Ik stond te kijken en ik zag het. Heen en weer. Ik zag zelfs de ingeweven ruiten in zijn sokken, er zat een gat bij zijn rechter grote teen.'

Martje pakt het hoofdkussen van het andere bed. 'Hier, houd je maar vast.' Alma legt het kussen op haar borst en slaat haar trillende armen er stijf omheen. Martje gaat weer op het voeteneind zitten. De verwarming tikt en reutelt, het wordt warm in de kamer.

Alma kiest een van de helderste sterren uit om de angstaanjagende woorden die ze gaat uitspreken aan te richten. Het kussen in haar armen komt omhoog op de enorme teug lucht die ze naar binnen zuigt. 'Hij bewoog. Hij had zo'n korte, brede rug. Toen hoorde ik het kreunen, heel zacht en ingehouden. Ik zag het optrekken van zijn schouders, het krommen van zijn rug. Toen de naschokken. Hij draaide zijn hoofd. Hij glom van het zweet en keek me aan. Heel even maar. Ik zag de glinstering van zijn vocht op de zwarte haren op zijn hand. En dat slobberende, gebreide, wit. Eefje sliep. Of deed alsof. Ik weet het niet. Nog steeds niet. Als ze sliep is het minder erg. Ze mag het niet weten. Ik deed niks. Niks. Ik was versteend. Ik zag mijn eigen voeten. Vies bloot op de houten drempel. Ik rende weg, weg, de trap af. Boven de gootsteen hing ik in het water. Stromen ijskoud water. Ik had het zo koud, het was zo stil. Ik was zo bang, de keuken is eng in het donker. Het was zo stil dat ik het water uit mijn haar hoorde druipen. Ik stond stokstijf te luisteren naast het aanrecht. Bij mijn voeten verschenen plasjes water op de keukenvloer. Toen voelde ik iets warms tussen mijn benen en rook ik de geur van mijn eigen plas. Boven lag mijn kind, en ik wist het. Ik had het gezien, maar ik deed niks.'

Alma trekt het kussen over haar gezicht, ze rolt zich op haar zij en trekt haar benen op.

Heeft ze dat echt gezegd? Waren het wel ruiten in zijn sokken? En dat gat, en heeft Eefje echt niet bewogen? Wat gek dat ze geen buikpijn heeft nu. Ze heeft het ineens heel erg warm en draait zich op haar rug. Het dekbed gooit ze met een zwaai van zich af. Bij de badkamerdeur staat Martje met een glas water in haar hand. Aan de hemel zijn de sterren een stukje opgeschoven, boven de heuvel is de maan opgekomen. Hij staat als het gepolijste blad van een sikkelmes vlak boven de boomtoppen.

Alma had de hele nacht onrustig in haar bed gelegen, afwisselend klaarwakker en in een halfslaap. Haar eigen verhaal herhaalde zich eindeloos in flarden van zinnen en woorden. Ergens in de nanacht was ze opgestaan en had ze lang naar zichzelf staan staren in het raam. Ze had een moment van scherpe vreugde gevoeld, alsof ze nu werkelijk tot iets nieuws in staat zou zijn. Alsof er daadwerkelijk iets was gekanteld.

Voor het ontbijt hadden ze een stiltewandeling gemaakt. Martje had haar glimlachend gewekt met het geluid van een belletje. Alma had lang onder de warme douche gestaan en geaarzeld of ze mee zou gaan. Met grote moeite had ze zich los kunnen maken van het spiralende water dat in het doucheputje verdween. Ze voelde zich onwennig, vreemd leeg, en durfde de anderen niet goed onder ogen te komen. Met de capuchon van haar winterjas ver over haar ogen getrokken had ze de hele weg dicht naast Martje gelopen. De andere vrouwen fluisterden af en toe met elkaar en er klonk onderdrukt lachen. Op een open plek, midden in een cirkel van zilverberken, waren Marijke en Martje beginnen te zingen – een tweestemmig lied in een vreemde taal. De melodie had Alma ontroerd, haar keel was dik geworden en ze had overvloedig getranspireerd. Met slappe knieën had ze in de kring gestaan, maar waar ze bang voor was gebeurde niet. Ze was niet ingestort. Toen ze thuiskwamen en rond de ontbijttafel zaten, hadden ze hun handen in elkaar gelegd. Zowel Veronica als Ans gaf een kneepje in Alma's hand. Daarna ontstond een lawaaierige, uitgelaten sfeer. Alma at gehaast, alsof ze uitgehongerd was. Twee warme knapperige broodjes met huisgemaakte pruimenjam, een gekookt ei en een mandarijn werkte ze naar binnen, meer dan ze in jaren tijdens een maaltijd had gegeten.

Ze roert suiker door haar koffie. Gisteravond, op deze stoel, op precies dezelfde plek aan tafel, had ze die verschrikkelijk zin uitgesproken.

Martje kiest een van de beschilderde godinnenbeeldjes uit het groepje op tafel en zet het naast Alma's lege ontbijtbord. 'Richt je tot haar. Zij is de moedergodin, zij zal je steunen. Probeer haar energie binnen te laten komen.'

Alma verstijft, ze weet niet anders dan te knikken en een slok koffie te nemen. Het houten vrouwenfiguurtje dat Martje voor haar heeft neergezet, kijkt met felle ogen naar de wereld. De irissen zijn handbeschilderd in een fluorescerend blauw. Op haar geopende handen draagt ze de zon en de maan. Ze is naakt en heeft grote hangborsten met enorme bruine tepels. In haar buik draagt ze twee kinderen, een jongen en een meisje. Ze liggen in een perfecte cirkel tegen elkaar, als de twee helften van een yin-en-yangteken.

Mag een moeder zwijgen? Alma weet het antwoord op haar eigen vraag nog steeds niet. Zwijgen is wat ze gedaan heeft en waar ze goed in was. Ze pakt het houten figuurtje op en weegt het in haar handen. Het is lichter dan ze verwachtte. Ze denkt aan de klap van de dichtslaande voordeur waarmee Eefje het huis had verlaten. Aan hoe zij zelf was achtergebleven bij de vettige afdruk van Eefjes voorhoofd op het raam. Met haar wijsvinger had ze de vorm gevolgd, keer op keer, gevangen in een hypnotiserende beweging.

Met dezelfde wijsvinger volgt ze nu de contouren van de houten godin. Ze luistert niet naar de uitleg van Marijke en Martje bij het uitdelen van godinnen aan de anderen.

Door Carl weg te sturen, had ze Eefje afgepakt wat haar het liefste was: haar vader. Als ze Eefje verteld zou hebben wat ze had gezien, had Eefje zelf haar vader moeten wegsturen of verlaten. Alma had geen keuze gehad. Ze had haar kind alleen maar willen beschermen. Het was gruwelijk uit de hand gelopen en Alma had het tij nergens kunnen keren. Eefje had zich ontworsteld aan Alma's wurgende greep door alles te doen waarvoor ze uitentreuren gewaarschuwd werd. Ze was geëindigd als de eerste de beste goedkope hoer, een paaldanseres in een louche tent.

Alma schrikt van het geluid dat ze zelf veroorzaakt door het beeldje hard op tafel neer te zetten. Ze voelt hoe enkele onverstaanbare woorden uit haar mond rollen, het klinkt als een excuus. Met neergeslagen ogen houdt ze de godin tussen haar vingers en denkt terug aan de middag van Eefjes laatste bezoek. Ook al had het glas koud tussen hen in gestaan, hun handen hadden elkaar gezocht. En Eefjes voorhoofd had tegen het hare gelegen.

De moedergodin in haar handen wordt warm. Als ze opkijkt omdat het plotseling stilvalt om de tafel, ziet ze dat alle vrouwen een beeldje vasthouden.

Martje leunt achterover in haar stoel, ze laat het koperen belletje rinkelen. 'Lieve vrouwen, bedenk dat iedere godin een specifieke energie belichaamt. Het zien en voelen van de beeldjes kan je helpen deze energieën in jezelf wakker te maken. Jullie zijn hiernaartoe gekomen omdat je hulp nodig hebt. De hulpbronnen zijn sluimerend in ieder van ons aanwezig. Kijk naar haar, en voel hoe, en waar in je lichaam de godin resoneert. Wat zou je de godin willen vragen? Waarmee kan ze jou van dienst zijn? Die vraag geven wij je vandaag mee. We verzamelen ons hier om half twee voor de lunch.' Martje kijkt de kring rond. 'Antwoorden van de godin manifesteren zich in onverwachte vormen en op verrassende momenten. Wees dus voortdurend alert.' Haar serieuze blik gaat vergezeld van een glimlach. Als ze alle ogen ontmoet heeft, staat ze op en begint ze de borden op te stapelen.

De bermen aan de voet van de heuvel zijn verlaten, het verkeer raast zonder stoppen door. Alma voelt dat ze meer grip heeft op de drassige bodem dan gistermiddag. De rubberlaarzen die ze van de eigenares van het cursuscentrum mocht lenen zijn een maat te groot, maar ze houden haar voeten droog en voorkomen dat ze wegglijdt. Haar verrekijker hangt aan een koord om haar hals. Bij iedere stap die ze zet slaat hij tegen haar borst, maar ze wil hem onder handbereik hebben. Volgens de vrouw van het cursuscentrum zitten hier verschillende soorten roofvogels, ze profiteren van de opstijgende lucht langs de heuvelflanken.

Het pad is glad en steil, haar gedachten zijn een wervelende storm van vragen, herinneringen en fantasieën. Het is lang geleden dat ze in haar eentje door een vreemd bos struinde. Eigenlijk durft ze niet van het pad af te gaan, ze volgt het spoor dat ze gisteren met de groep gemaakt hebben. Op een dode boomstronk rechts van haar groeien zachtgele elfenbankjes. Ze gaat ernaartoe en zet de moedergodin naast de stronk. Ze doet enkele stappen terug en bekijkt de opstelling door haar verrekijker. Het ziet eruit als een herfstkijkdoos. De sterk vergrote elfenbankjes zien er van zo dichtbij eng uit, als lappen huid met enorme poriën. Alma laat de kijker los en stopt het beeldje terug in haar jaszak. Walgt ze zo van oesters omdat ze glibberig zijn, en levend? Wekken paddenstoelen en sperma daarom haar weerzin op? Wat was er eerst? Nadat Carl weg was, stopte Eefje met eten, ze overleefde op een enkele witte boterham, bananen en vitaminepillen. Op haar twaalfde hadden de ouders van een vriendinnetje de meisjes meegenomen naar een restaurant. Toen ze thuiskwam, verkondigde Eefje dat ze alleen nog maar slakken wilde eten. 'Tot papa terugkomt.' De moeder van het vriendinnetje had Alma gebeld en haar verbazing uitgesproken over Eefjes voorkeur voor wijngaardslakken. Toen Alma ernaar vroeg, antwoordde ze beslist: 'Papa hield ook van slakkenhuisjes.' Alma begrijpt nog steeds niet wat Eefje daarmee bedoelde. Ze hadden nooit slakken gegeten. Zelfs niet als ze tijdens vakanties in het buitenland in een restaurant aten.

Direct na de kantelnacht had Alma Carl bevolen het huis te verlaten en in te stemmen met een scheiding. Ook had ze gedreigd aangifte te zullen doen en zijn medewerkers te zullen vertellen hoe hun directeur thuis aan zijn gerief kwam. De maandag daarna had hij zijn spullen laten halen door een verhuisbedrijf. Behalve de inhoud van zijn bureau en de kleren uit zijn kast had hij niets willen meenemen. 'Ik heb niets gedaan, Alma, je hallucineert. Je bent een hysterische fantaste, pas maar op wat je Eefje hiermee aandoet. Jij bent degene die gek is. Ik heb mijn dochter niet aangeraakt. Met geen vinger, hoor je!'

Dat Carl gehaast en vrijwel zonder slag of stoot vertrokken was, zei Alma genoeg. Wie vlucht heeft een reden: schuld.

Ze had al zijn argumenten en ieder weerwoord aangehoord en inmiddels lagen ze in duizendvoud opgeslagen in haar brein. Net als de film van de bewuste avond, ook die had ze grijsgedraaid. Eefje was weggegleden. Alma's verklaring dat papa niet meer bij hen wilde wonen omdat hij ziek in zijn hoofd was, was bij lange na niet afdoende geweest. Eefje begreep het niet, en zij, Alma, had niet anders weten te doen dan bij die verklaring te blijven. Hoe had ze haar kind kunnen vertellen dat haar vader...

De donkere beweging van een grote vogel trekt Alma's aandacht. Door de verrekijker ziet ze de lange, diepgevorkte staart van de rode wouw die boven haar cirkelt. De kromme snavelpunt is donker en het wit van de ondervleugels steekt helder af. Als haar armen moe worden, laat ze de kijker zakken. Verderop op het pad komt iemand aangelopen. Alma schrikt en doet een pas achteruit. In haar jaszak klemt ze haar vingers stevig om het houten beeldje, klaar om zich te verdedigen. Ze staat stil, een voet glijdt weg in het zachte bladerdek. Dan herademt ze, aan de blauwe jas herkent ze Martje. Alma ontspant haar hand, laat haar godin los en veegt de vochtige palm af aan haar broek. Martje loopt rustig door en stopt als ze vlak bij Alma is.

Op de weg beneden hen klinkt het gillen van slippende banden, een claxon spuugt zijn verontrustende waarschuwing uit. Door haar verrekijker ziet Alma een felgele personenwagen een rare bocht maken. Hij mindert snelheid, maar eenmaal terug op de juiste weghelft spurt hij ervandoor.

'Wat zie je?' Martjes hand ligt op Alma's arm.

'Hij rijdt door. Gelukkig geen aanrijding.' Ze haalt huiverend haar schouders op en friemelt aan het beeldje in haar jaszak.

'Mag ik een eindje met je meelopen?' Martjes blauwe ogen kijken recht in de hare, haar krullen liggen tegen haar wangen gekleefd en haar wangen zijn knalrood.

'Goed. Ik wilde net teruggaan.' Naast elkaar lopen ze het pad af dat hen terug naar het dal voert. Ze zwijgen. Alma denkt aan de opdracht, of de gele auto misschien een teken van de godin zou kunnen zijn. Ze zou niet weten wat het zou kunnen betekenen. Net zomin als de spiralende vlucht van de rode

wouw. In het dal steken ze het beekje over, het houten brugge-
tje is spekglad en Martje grijpt haar hand stevig beet als Alma
uitglijdt. Ze weet zich staande te houden en lacht naar Martje.
'Dank je.'

Bij de weg gekomen moeten ze een eind in de berm lopen om
het voorbijrazende verkeer te ontwijken. Ineens is daar de ree,
vlak voor Alma's voeten ligt hij in het gras. Op zijn zij, de pootjes
gestrekt en het bekje een klein eindje open. Over de geopende
ogen ligt een melkbleek vlies. Ze zakt door haar knieën en slaat
haar handen voor haar mond. Tegenover haar knielt Martje, de
dode ree ligt tussen hen in. Achter hen raast het verkeer voorbij.
Alma speurt de omgeving af, de moeder moet toch in de buurt
zijn? Behalve bomen, struiken en afval in het gras ziet ze niets,
ook niet aan de overkant van de weg. Martje ziet eruit of ze bidt,
haar ogen zijn gesloten en haar handpalmen liggen naar boven
gekeerd op haar dijen. Alma legt haar hand op de flank van de
ree. Het is nog een beetje warm. Ze denkt aan de slippende auto.
Het dier heeft geen zichtbare uitwendige verwondingen, er is
vast een inwendige bloeding, of hersenletsel.

Alma staat op en loopt een eindje weg. Ze wil wel roepen,
maar weet niet hoe een ree klinkt. Rond en rond kijkt ze, maar
er is geen enkel spoor van de moeder. Ze knielt opnieuw tegenover Martje, die nog in precies dezelfde houding zit. Alma ritst
haar jas los en laat hem van haar schouders glijden. Ongeduldig
worstelt ze met het koord van de verrekijker dat achter de capuchon blijft haken. Ze spreidt de jas behoedzaam uit over de ree.
De vier donkere hoefjes en het bekje steken onder de stof vandaan. Alma pakt een van die kleine hoefjes tussen haar vingers.
Ze bukt diep voorover en legt haar voorhoofd in het gras. Het
dierlijke janken komt zacht en diep uit haar keel. Er gaat een
schok door haar hele lichaam als een voorbijrazende vrachtwagen plotseling claxonneert. Haar janken krijgt stilaan een
andere klank, het gaat over in fluisteringen. Uiteindelijk hoort
ze haar eigen woorden. 'Je kind heeft je nodig. Waar ben je? Je

kind heeft je nodig.' Lange tijd herhaalt ze de woorden, als een bezwering, terwijl ze het hoefje onafgebroken streelt met haar duim en wijsvinger.

Ze voelt hoe iets warms over haar rug heen wordt gelegd. Martje is achter haar komen zitten, Alma zou tegen haar aan kunnen leunen. Maar dat wil ze nog niet. Ze blijft geknield liggen en ziet de bultige vorm van het godinnenbeeldje door de stof van haar jaszak heen.

Ze laat het hoefje los en komt langzaam overeind. Met beide handen aan de kraagpunten trekt ze Martjes jas verder over haar schouders en gaat op haar billen zitten. Zwijgend leunt ze achterover, met haar rug vol tegen Martje aan.

'Eefje heeft mij nodig. Ik moet naar haar toe.' Alma haalt het beeldje uit de jaszak tevoorschijn en bekijkt het langdurig. Haar ademhaling voegt zich naar het warme vrouwenlichaam in haar rug.

'Eefje is altijd in je hart geweest, Alma, en jij in het hare. Moeder en kind zijn door bloed verbonden. Die verbinding is voor eeuwig, en is onverbrekelijk.'

Alma denkt aan hoe het koude glas tussen haar en Eefje zou kunnen verdwijnen, ze stelt zich de warmte voor van de aanraking met Eefjes huid.

'Roep Eefje terug, Alma, open je hart voor haar. Eefje heeft jou nodig. En jij haar, ook al lijkt dat misschien niet zo.'

Alma sluit haar ogen. Opnieuw jaagt de onverwachte kreet van een claxonnerende auto een stoot adrenaline door haar heen. De grondkou dringt door de stof van haar broek.

'Je hebt gisteravond een begin gemaakt, Alma. Nu kun je verder.'

Iets in de toon waarop Martje spreekt, wekt een gevoel van heimweeachtig verlangen in Alma. Ze stelt zich Eefje voor, hier tussen haar benen, achteroverleunend tegen haar buik. Eefje, haar kind. Haar dochter. Ze voelt hoe groeiende opwinding haar hart verwarmt.

Ja, het verhaal over het kantelmoment zal ze hier achterlaten. Het is verteld.

Vanmiddag komen ze hier terug om de ree te begraven. En overmorgen gaan ze naar huis.

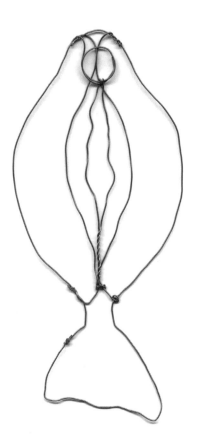

Het cadeau 3

'Mam, wat wil je voor je verjaardag?'

'Ach Loes, ik heb alles toch al.'

'Er zal toch wel iets zijn, iets wat je soms mist?'

'Nou, ik zag laatst ergens een schaal... Je weet wel, zo een waar we vroeger karamelpudding uit aten.'

'Zo'n vissenvorm? Jij maakt al eeuwen geen pudding meer.'

'Nou ja, voor als jullie eens komen eten.'

'Iets anders nog, iets sociaals misschien?'

'Ach kind, ik ben de club even helemaal beu, die toestand met Machteld...'

'Hoe is het met haar?'

'Bram zit al twee maanden in Thailand.'

'Met dat Russische hoertje?'

'Ja. Het is een walgelijk klassiek verhaal, zo ordinair.'

'Begrijp jij het, mam? Op je verjaardag vorig jaar waren ze zo enthousiast over het nieuwe tuinhuisje. En Bram danste nog zo grappig met Machteld.'

'Dat was de drank, Loes. Schijn bedriegt, en de penopauze verdraagt vrouwelijk verval slechts met mate.'

'Bah. Jij ook nog thee?'

'Graag. Machteld heeft haar lippen laten doen, en een "ietsie pietsie kleinigheidje rond haar ogen", zoals ze het zelf noemt. Je kunt wel raden dat dat een complete facelift is.'

'Heb je het gezien?'

'Nee. Ze zit de hele dag te bellen, met een zonnebril op en achter gesloten gordijnen.'

'Brrr, aan mijn lijf geen polonaise.'

'Dat heb jij toch ook helemaal niet nodig? Neem nog een chocolaatje.'

'Weet je wat ik laatst las, dat je chocolade als gezichtsmasker kunt gebruiken.'

'Ze gebruiken zoveel. Dat bestaat allang, ken je dat niet?'

'Jij wel soms?'

'Algen, zand, honing, zout, haver... Zelfs levende vissen.'

'Neem jij dat ook, iedere maand in die beautyfarms?'

'Ach meisje, visjes knabbelend aan je tenen, glaasje bubbels onder handbereik... Zalig!'

'Vissen? Waar zwemmen die dan? In het zwembad?'

'Kindje toch, je moet echt eens meegaan. Je weet niet half hoe heerlijk dat is.'

'Ingrid is precies als jij. Die is ook zo dol op dat soort dingen.'

'Jij zou ook eens wat meer moeten genieten van je lichaam. Is er alweer een manspersoon in beeld?'

'Zeg, nog even over je verjaardag... Afgezien van een puddingvorm die je nooit zult gebruiken hoef je dus niks?'

'Kom, ik schenk een lekker roseetje in. Ik heb er een pittig olijfje bij.'

'Mam...'

'Of heb je liever een glaasje rood?'

'Liever een biertje, eigenlijk. Luister, Ingrid heeft een idee voor je verjaardag.'

'Ik had niet anders verwacht, Ingrid heeft altijd iets bijzonders. Nou vertel, ik houd mijn mondje stijf dicht, dat weet je.'

'Een seksmassage.'

'Versta ik dat goed, kindje? Uit jouw mond klinkt zoiets onmiddellijk buitengewoon lelijk.'

'Sorry mam, maar daar komt het wel op neer.'

'En wat moet ik me erbij voorstellen?'

'Dat geknabbel van die vissen, doet dat niet zeer aan je likdoorns?'

'Loes! We hebben het niet over mijn voeten, maar over mijn verjaardag!'

'Nou ja, het mag namelijk ook een voetreflexmassage zijn.'

'Je had het over een seksmassage, maar je bedoelt natuurlijk een erotische massage.'

'Weet ik veel mam, ik zeg het alleen maar om je voor te bereiden.'

'Nu moet je alles vertellen ook. Kom op, waar gaat dit over?'

'Ingrid vindt jou zielig omdat je al zolang, sinds papa... Ze wil je laten verwennen door een beroeps.'

'Oh. En jij? Denk jij soms ook dat ik zielig ben?'

'Nee nee, je bent niet zielig. Ik wilde het eigenlijk niet, maar Ingrid heeft het doorgezet.'

'Waarom wilde jij het niet, Loes? Omdat je als kind liever niet aan seks denkt als het om je moeder gaat? Dat begrijp ik best, hoor.'

'Sorry mam, ik wist echt niet, het idee dat een vreemde man aan jou...'

'Oeps, mag ik even die onderzetter? Maar jullie denken dus dat ik iets tekortkom?'

'Helemaal niet. Nee, nou ja, misschien een beetje. Zeven jaar is toch best lang, na een huwelijk van bijna vijfentwintig jaar.'

'Jullie hebben me er nooit iets over gevraagd. Zal ik nog eens bijschenken?'

'Ik neem even een glaasje water.'

'En ik heb jullie er nooit over verteld. Ik vind het niet een onderwerp om met mijn dochters te bespreken.'

'Dat hoeft ook niet, mam, daar gaat het niet om. Het is gewoon een cadeautje. In plaats van jeu de boules, Nordic walking of zoiets, of weer een theaterbon.'

'Wat een verrukkelijk sprankeltje heeft deze wijn. Wat denk je, Loes, iedere vrouw heeft tegenwoordig toch haar persoonlijke Tarzan? Jij toch ook, mag ik hopen?'

'Hoe... wat bedoel je precies?'

'Hulpmiddeltjes, erotische speeltjes, een bedpretpakketje. Zo handig, het staat allemaal gewoon in het schap van de drogisterij. Ik zou dit helemaal niet tegen jou moeten vertellen, maar ja, jij begint erover.'

'Oh. Dus je hebt het helemaal niet nodig? Zal ik dan maar tegen Ingrid zeggen dat het een slecht idee was?'

'Ben je betoeterd, meid. Ik vind het een geweldig lief idee en een fantastisch cadeau.'

'Pardon?'

'Jullie hoeven er toch niet bij te zijn? En ik neem aan dat je zus dit grondig heeft voorgekookt. Ik zou niet zo ver willen gaan om te beweren dat ze het zelfs uitgeprobeerd heeft, maar het zou me ook niet verbazen als het wel zo was. Al met al lijkt het me dus uitermate betrouwbaar, het hele idee.'

'Je kan kiezen hoor, mam. Die voetreflex schijnt echt erg goed te zijn.'

'Lieverd, ontspan eens een beetje. We zeggen niet tegen je zus dat je hier geweest bent. Je kent me, ik doe alsof ik van niets weet en laat me heerlijk verrassen. Ik verheug me enorm.'

'Dus geen puddingvorm?'

'Nee, kind. Ik ben wel toe aan een paar warme mannenhanden.'

Vriendschap

Vrijdag 19 mei

LIESBETH

Lieve hemel! Ik kan bijna niet geloven dat dit werkelijk gebeurt. Ik ben net vijftig geworden en onmiddellijk komt de dood op ons pad. We zitten duidelijk aan de verkeerde kant van de streep.

Ewout merkte op mijn laatste verjaardag nog fijntjes op dat we nu eindelijk toegelaten zouden worden tot de seniorenbioscoop. Hij noemde grijnzend alle kortingskaarten waar we nu recht op hebben. 'En reserveer maar vast zitplaatsen in het crematorium, want we behoren tot de doelgroep.'

Ik opperde dat het verhuren van skyboxen in de begrafenisbusiness een gat in de markt zou vormen. Lachend had hij zijn tennissokken omhoog getrokken. Met zijn gespierde benen, gebruinde kop en gemillimeterde haar zag hij er jonger uit dan zijn werkelijke leeftijd.

Nu is hij dood, als eerste van onze vrienden. In het licht van zijn overlijden zie ik plotseling de jaren getekend in Peters gezicht. Ik bewonder hem om hoe hij voor ons staat. Zijn stem klinkt onvast en zijn handen lijken lichtjes te beven. Hij leest de zinnen een voor een voor van het papier. Wat heeft hij lang zitten werken aan de toespraak.

'*Jongeman, uit je hoofd! Niet van je papier lezen. Een dikke onvoldoende. Gauw terug naar je plaats.*'

Op de hoek van de eerste rij heft Ewouts moeder haar rechterarm terwijl ze de woorden op hoge toon de aula in slingert. De begeleidster uit het verzorgingshuis pakt haar hand en trekt de arm naar beneden. Volgens Olga heeft haar schoonmoeder extra medicatie gekregen voor de crematie. Misschien toch nog onvoldoende, het is wel haar zoon die vandaag gecremeerd wordt. Ze is dement, maar ze moet er wel iets van meekrijgen – anders had ze hier niet hoeven zijn, toch?

Olga kijkt naar haar en legt een vinger op haar lippen, maar Ewouts moeder lijkt het al niet meer te zien. Af en toe trekt er een schokje door haar heen.

Er gaat een zucht door de zaal, alsof we allemaal onze adem hebben ingehouden. Als ik naar Olga's naakte, frêle nek kijk, knijpt het verdriet mijn keel dicht. Even leg ik mijn hand op haar schouder. Ze reageert niet, houdt haar ogen strak op de kist gericht. Daar ligt haar man. Het raadsel van Ewouts dood hult deze gebeurtenis in het duister. Zijn overlijden roept vragen op waar Olga en de kinderen, en wij natuurlijk allemaal, geen ruimte voor hebben. Het politieonderzoek loopt nog. Waarom is hij juist op weg naar kantoor van de weg geraakt, op de route die hij dagelijks reed?

Naast Olga veegt Frank met een zakdoekje langs zijn ogen. Hij is pas een week geleden vierentwintig geworden. Ik stel me voor hoe het voor hem moet zijn, hoe hij denkt over het ongeluk van zijn vader. Aan Olga's andere zijde zit Celia, met gekromde schouders. Ze snuift en snikt aan een stuk door. Het kost me moeite om haar loshangende, glanzende haren niet te strelen.

Pas twee jaar geleden hebben we elkaar leren kennen, ik herinner het me als de dag van gisteren. Olga en Ewout hadden ons uitgenodigd om samen met hen en wat vrienden het begin van de zomer te vieren. Een feestelijke barbecue met om klokslag twaalf champagne en aardbeien. We waren pas bij hen in de straat komen wonen en ik had Olga enkele keren kort gesproken toen ze hun zwarte Labrador uitliet. Ik vond haar direct aardig en nam de uitnodiging graag aan.

Het klikte tussen ons. Ook tussen de mannen, zelfs zo goed dat we vorig jaar samen op vakantie zijn geweest naar Engeland. Ik herinner me dat we grapjes maakten over partnerruil. Vlak voordat Peter en ik de auto uit stapten in de schemerige buik van de veerboot, vroeg ik hem of hij daarvoor in zou zijn.

Hij was in lachen uitgebarsten en had zijn hoofd geschud. 'Ik met Olga en jij met Ewout? Lieverd, zolang ik kan kiezen, kies ik voor jou.'

Waarom vroeg ik dat eigenlijk? Ik weet nog goed dat ik me belachelijk opgelucht voelde door zijn antwoord.

Olga was aanvankelijk nogal gespannen, maar dat werd gedurende de vakantie steeds minder. Terwijl Ewout en ik liever rustig een boek lazen, maakten Peter en Olga dagelijks een stevige wandeling. De beweging en de zeelucht deden hen zichtbaar goed. Sinds die reis zijn ze wandelmaatjes.

Maar op die avond van de zonnewende waren we nog vreemden voor elkaar. Frank en Celia leken ruzie te hebben. Ze liepen nors rond en serveerden in opdracht van Olga drankjes aan de gasten. Laat op de avond, net voor middernacht, was Celia naast me komen zitten. Ze vertelde me hoe onuitstaanbaar haar moeder de laatste maanden was. 'Ben jij ook in de overgang? Jullie zijn toch ongeveer even oud?'

Ik keek naar haar beweeglijke handen, haar zachte mond en de gave huid. In het oplichten van haar blauwe ogen zag ik de gelijkenis met Ewout. Ze overweldigde me met haar vragen en ik sloeg mijn ogen neer voor zo veel vertrouwelijke nabijheid. Het in de loop der jaren tot zwijgen gebrachte verlangen naar een eigen kind welde op en lag bitter achter op mijn tong.

Met dikke stem vertelde ik haar dat het huwelijk van Peter en mij kinderloos was gebleven. Dat zei ik natuurlijk niet op die manier. Ik probeerde het te vertellen als iemand die het verdriet daarover lang geleden achter zich had gelaten. Toch pikte ze mijn pijn feilloos op.

'Dan is het voor jou zeker extra moeilijk dat je de overgang moet verdragen? Na al die maandelijkse ellende die nergens toe heeft geleid. Wat jammer voor jou, voor jullie allebei bedoel ik natuurlijk.'

Toen had ze glimlachend naar me opgekeken en mijn hand gepakt.

'Je mag mijn moeder wel een tijdje vervangen. Kom, het is bijna twaalf uur. Tijd voor champagne.'

Haar hartverwarmende aanbod verzachtte mijn pijn. Ze liep heupwiegend voor me uit naar de tafel met drankjes en gaf onderweg haar broer een stomp tegen zijn arm. Ik was van blijdschap hardop in de lach geschoten.

Het zijn fantastische kinderen en mijn hart breekt als ik naar hen kijk. Olga, Frank en Celia moeten met z'n drieën verder met hun leven.

Door Olga's afwerende houding sinds maandag bekruipt me soms het gevoel dat er meer aan de hand is. Zouden ze financiële problemen hebben? Ewout was een fervent belegger en speculeren was zijn hobby. Nee, als er al iets speelde zou ik dat geweten hebben. Olga vertelt me altijd alles. Sinds we vriendinnen zijn, ben ik haar vertrouwelinge.

'In het bos zijn de wilde dieren, in het bos. Wat een grote ogen. En wat een grote mond. Roodkapje doodkapje.'

Nu schreeuwt Ewouts moeder niet, ze fluistert hardop in zichzelf en beweegt haar hoofd heen en weer, alsof ze het er niet mee eens is. Iemand grinnikt, nauwelijks hoorbaar, maar toch. Het lijkt hierbij te blijven. Gelukkig. Waar is zo'n vrouw met haar geest? Iets doet haar kennelijk denken aan het sprookje. Of misschien zit er geen enkele logica in, ik weet het niet. Ze is haar hele leven juf geweest op een basisschool, ongetwijfeld husselt ze heden en verleden door elkaar.

Peter vangt mijn blik, maar ik kan zijn ogen nauwelijks zien door mijn tranen. Ik heb hem nodig en ik hou van hem, meer dan van wie ook. Wat zou ik zonder hem moeten? Die gedachte jaagt het bloed naar mijn wangen.

Vrijdag 19 mei

PETER

Laat dat mens haar mond houden, verdomme. Wat doet ze hier, ze is zo dement als een deur. Ook al is ze Ewouts moeder, ze hoort hier niet.

Mijn eigen woorden galmen dwars door de hare na in mijn oren. '...vrienden voor het leven.' Ze benadrukken de vraagtekens in mijn hoofd en veroorzaken een kloppende pijn tussen mijn slapen. Kan echte vriendschap leugens verdragen? En de waarheid? Kan vriendschap de waarheid verdragen?

Ewouts plotselinge dood wil nog steeds niet helemaal tot me doordringen. Ik kan me nauwelijks voorstellen dat dit over hem gaat, dat ik dit over hem zeg.

'We waren vrienden die de competitie niet schuwden. Op de golfbaan was Ewout mij de baas. Bij iedere hole had ik minstens een slag meer nodig. En zijn swing, daar was ik werkelijk jaloers op. Die zal ik nooit kunnen evenaren. Daarin blijft hij voor altijd de beste.'

Ik zie Ewout in Celia's ogen, in de kaaklijn van Frank. Met bleke gezichten zitten ze aan weerszijden van hun moeder. Om het trillen van mijn vingers te bezweren zoek ik houvast in Olga's ogen. Ik durf haar maar even aan te kijken. De gespannen lijn tussen ons is onzichtbaar maar geladen. Een vonk lijkt voldoende om een knetterende streep tussen ons te trekken. Mijn god, hoe krijg ik het voor elkaar hier in een crematorium aan te denken? Ik moet opletten en me op mijn toespraak concentreren.

De afgelopen dagen was er geen mogelijkheid om Olga te spreken zonder dat er anderen bij waren. Ik weet niet wat er precies gebeurd is. Alleen dat ze alles aan Ewout heeft opgebiecht. En dat hij de volgende dag tegen een boom is geknald. Ik had verdomme moeten weten dat Olga ons op een dag zou verraden.

Liesbeth ziet eruit of ze een spook heeft gezien. Ze moest eens weten. Maar zij weet van niets en dat wil ik ook zo houden. Zij heeft geen idee van mijn medeplichtigheid. Het afgelopen jaar heb ik mezelf getraind in het spelen van de vermoorde onschuld.

Het lijkt wel of ik in een film acteer en dat deze scène zo meteen over moet. Opnieuw. Nog een keer. Er kan zo veel mis gaan: intonatie, blikrichting, timing. Wel of juist geen tranen. Een onbedoelde glimlach. Deze rol is mij op het lijf geschreven. De geschokte man die er met zijn hoofd niet bij kan dat zijn beste vriend zich kapotgereden heeft.

Ik moet me concentreren op het papier. Het spel hervatten. Nu niet denken, verdomme! Het schrapen van mijn keel scheurt door de stilte. Ik moet stoppen met roken. Het papieren zakdoekje blijft haken achter de stoppels op mijn lip. Dit is nog het ergste. Van liegen ga ik zweten.

Ik moet Olga vandaag onder vier ogen spreken. Ik zal haar dwingen haar hoofd erbij te houden. Ze mag niet nog meer brokken maken. Kom op, verder lezen. Dat stukje over het woordenboek.

'De Van Dale definieert het als volgt: "Vriend. Een vriend is iemand aan wie men door genegenheid en persoonlijke voorkeur gebonden is". Deze uitleg is zeker op onze vriendschap van toepassing. Maar ook op die van onze vrouwen, Olga en

Liesbeth. Wat kunnen vrienden zich meer wensen dan dat hun echtgenotes vriendinnen zijn? Ik herinner me nog goed dat we vorig jaar samen op vakantie naar Engeland...'

Een gierende snik haalt me uit mijn verhaal. Celia en Frank kijken geschrokken opzij naar hun moeder. Olga slaat haar handen voor haar gezicht. In een film zou dit het perfecte moment zijn om mijn aanklacht de zaal in te slingeren. "Leugenachtig kreng! Hier de ontroostbare weduwe uithangen, terwijl je je man al een jaar bedondert." Olga zou zich omdraaien naar Liesbeth en haar bekentenis snikkend door de aula gillen. Ze zou het uitschreeuwen van ellende, in een openbare biecht, met haar armen stijf om de nek van mijn vrouw geslagen. Hunkerend naar vergeving. *Cut!* Dit is geen film, man. Dit is echt.

'Tennissen, golfen, barbecueën – dat waren de dingen die we samen, als mannen onder elkaar, graag deden. En Ewout was overal goed in. Zoals hij een bal kon raken op de baan, zo doelgericht was hij ook in zijn bedrijf. Dat maakte hem buitengewoon succesvol. Ewout was een echte winnaar.'

Olga drukt de kinderen tegen zich aan, ze snuit haar neus en droogt haar tranen. Om haar heen wordt veel gehuild, het is onrustig in de zaal.

'*Huilen. Builen. Van Dale komt je hale. Nee, niet op je papier kijken! Spreekbeurt goedgekeurd. Een goeie beurt.*'

Die verschrikkelijke moeder. Laten ze haar in vredesnaam meenemen, ze maakt Olga en iedereen nog meer van streek. Dat gewauwel van dementen kan heel vermakelijk zijn, maar hier kan ik het echt niet hebben.

Met moeite peuter ik een schoon zakdoekje uit het pakje op de katheder. Het is hier veel te warm, en de nabijheid van de kist bevalt me voor geen meter. Het is net alsof Ewout tegen me aan staat te duwen. Ik voel zijn adem heet in mijn nek.

Olga knikt naar me, zo te zien heeft ze zich weer hersteld. Ze reageerde natuurlijk zo emotioneel doordat ik over Engeland begon. Onze Engelse wandelingen duurden steevast tien minuten, precies de tijd die we nodig hadden om Hotel Bay View te bereiken. 's Middags was er altijd wel een kamer vrij. Seks met Olga is fantastisch. Haar lichaam is nog prachtig en ze is lekker willig. Vooral dat. Het verbaast me dat ze op haar leeftijd nog zo geil is.

Bij Liesbeth kom ik er al lang niet meer in. Geen kinderen, geen seks. Het is haar eigen schuld, in feite heeft zij me in Olga's armen gedreven. En die wilde oh zo graag. Ewout was totaal verblind door de financiële goudaders die hij aanboorde. Privé zag hij niks, wist hij niks, vroeg hij niks. En nu is het uit. Einde verhaal.

Vrijdag 19 mei

OLGA

Uit mijn ooghoek zie ik hoe een smalle hand door de lucht aan komt zweven. Liesbeths vingers sluiten zich om mijn schouder in een gebaar van – ja, van wat eigenlijk? Medeleven, medelijden, mededogen? De oprispingen van Ewouts moeder zaaien onrust, al geven ze ons ongewild ook een kleine adempauze. Moet ik vanaf nu Ewouts taak overnemen en haar iedere zondag gaan opzoeken? Ik doe mijn best me niet naar Liesbeth om te draaien en houd mijn ogen strak op Peter gericht. Hij pauzeert even, zijn laatst uitgesproken zin echoot in mijn hoofd. '...meer dan goede vrienden. We waren bijna familie van elkaar, als broers.'

Peter is al een jaar mijn minnaar.

'Dit is ons sprookje.' Dat fluisterde hij nog maar pas geleden in mijn oor. We waren naar een bos gereden, en diep in het

donkere midden nam hij me tegen de stam van een enorme eik.
Ik fluisterde dat ik niet in sprookjes geloofde, maar desondanks
ieder moment een boze kabouter verwachtte. Hij had zijn handen over mijn borsten laten glijden en blies hijgend in mijn oor.
'Kom eens hier, lekker geitje van me, deze grote boze wolf zal
jou eens heel lekker verwennen.'

Twee dagen later zou ik op een onbewaakt ogenblik onze verhouding aan Ewout opbiechten. Tot mijn eigen ontzetting tot
in detail.

Waarom heb ik het hem verteld? Deze vraag tolt in een ei-
genaardig ritme rond in mijn hoofd. Het antwoord lijkt onge-
loofwaardig, zeker gezien de consequenties. Maar het is daardoor niet minder waar. Ik werd domweg meegesleurd door een
hormonale aanval.

'...waarom Ewout dit verschrikkelijke ongeluk moest krijgen,
waarom juist hij slachtoffer is geworden... dat we nu al afscheid
van hem moeten nemen, het is onbegrijpelijk en te groot voor
woorden.'

Onbegrijpelijk? Was dat maar zo. Was het maar onbegrijpelijk. Wij weten wel beter. Wat Peter achter de katheder staat
te verkondigen zijn leugens. Maar toch, is de waarheid meer
waar? Wat is een leugen wanneer iedereen deze voor waar aan-
neemt?

Liesbeth drukt haar hand even nog iets steviger op mijn
schouder en laat dan los. De kinderen zitten aan weerszijden
naast me. Godzijdank zijn ze volwassen.

'Een ongeluk in een klein hoekje. Een ongeluk, een ongeluk,
ogottegottegot. Ho, wie niet weg is...'

Weer zijn moeder. Wat heeft Ewout haar verteld? De politie
vroeg me waarom hij haar 's ochtends heeft bezocht. Of er iets
bijzonders voorgevallen was, of er misschien problemen waren.
Thuis? Op het werk? Ik heb hun niets verteld. De cafébaas heeft
hem zien schrijven, Ewout zat altijd overal op te droedelen. Er is
nergens een briefje gevonden. Met drie glazen whisky op achter

het stuur. Uit de bocht gevlogen, tegen een boom, op slag dood. Op de weg die hij door en door kent. Wat heeft hij gedacht?

Gelukkig, de begeleidster staat op en neemt moeder stevig bij de hand. Ze laat zich zonder tegenstribbelen meevoeren naar de uitgang. In de deuropening draait ze zich om. Ze roept onverwacht hard: '*Koffie met koek. Koekoek. Koffie met een brief. Ja ja, heel lief.*'

Dan valt de deur achter hen dicht en is het even heel stil. Celia pakt mijn hand, ze fluistert: 'Arme oma.'

Peters blik rust een ogenblik in de mijne. Ik kan niet lezen wat zijn ogen willen zeggen. Samen op vakantie. Naar Engeland. Met ons vieren. Hoe heb ik het in vredesnaam kunnen bedenken?

In Hoek van Holland was de angst me om het hart geslagen toen we het donkere gat van het autodek binnen reden. We zaten temidden van een sliert langzaam rijdende auto's en caravans. Voor ons lichtten de remlichten van een volgeladen Volvo alarmerend rood op. Ewout had vloekend op de rem gestaan, waardoor ik met een ruk naar voren schoot en mijn rechterborst gemeen ineengedrukt werd door de veiligheidsgordel. Hij had zijn hand op mijn been gelegd. 'Sorry lieverd, gaat het?'

Kreunend had ik de gordel losgetrokken. 'Ja hoor, kijk nu maar voor je. Voor je het weet zit je op zijn bumper.'

We draaiden langzaam mee in de richting die de witgeschilderde pijlen aangaven. Hoewel het te donker was om goed te kunnen zien, pakte ik mijn lippenstift en het handspiegeltje. Ik richtte het zo dat ik goed zicht had op de auto direct achter ons.

Daarin zat Peter achter het stuur, zijn linkerelleboog rustend tegen het portier en zijn hoofd tegen zijn hand. Hij keek recht voor zich uit. Een plotselinge lach brak door op zijn gezicht. Hij keek opzij naar Liesbeth en schudde het hoofd.

Ik draaide het spiegeltje een beetje, zodat ik Liesbeth beter kon zien. Ze keek met getuite lippen omhoog en bewoog een lipstick op en neer voor haar mond. Roze, haar favoriete kleur. Het deed me denken aan de hond die we vroeger thuis hadden, een grote Mechelse herder. Soms ging hij zo zitten dat je precies kon zien hoe een puntige, roze pik langzaam uit hem schoof. Glanzend kwam het ding omhoog uit de harige buik. Het beeld had me geschokt en gefascineerd, en ik had mijn ogen pas af kunnen wenden als de hond zich naar zijn eigen geslacht toe boog om het te likken.

Ik trok mijn blik terug naar mijn eigen spiegelbeeld. Met mijn lippenstift volgde ik zorgvuldig de lijnen van mijn mond. Ewout parkeerde de auto zo dicht mogelijk achter onze voorganger, trok de handrem aan en zette de motor uit. 'Zo. Zin in het boottochtje?'

Het angstzweet brak me uit. Ik forceerde een lach. 'Ja, natuurlijk. Jij?'

Van het moment waarop dit plan ontstaan was, stonden vooral de geluiden me nog bij. Striemend fel had de regen tegen de ramen geslagen. Binnen lagen Peter en ik op het logeerbed na te hijgen tussen mijn eigen witte lakens. Zijn hoofd op mijn buik, mijn vingertoppen kroelend door zijn haar.

Ik had geprobeerd me voor te stellen hoe het zou zijn die zomer. Vier, misschien wel vijf saaie weken zonder hem. Na de eerste keer vrijen was ik al verslaafd geweest aan zijn lijf. De oplossing lichtte als een bliksemflits in me op.

'Peter, waarom gaan jullie eigenlijk niet mee naar Engeland?'

Hij kuste mijn buik. 'Engeland? Liesbeth haat regen, dat weet je toch?'

'Ja, maar in het zuiden heb je zelfs palmbomen. Het heeft een subtropisch klimaat door de warme golfstroom.' Ik probeerde me te herinneren wat er in de folders stond. 'Steile krijtrotsen. Fossielen. En ik zal er zijn natuurlijk.'

Hij kwam omhoog tegen me aan liggen. Ik legde mijn vingers om zijn slap geworden penis. 'De Engelse golfbanen zijn natuurlijk super. Neemt Ewout zijn clubs mee?'

'Altijd. Je kent hem toch? Hij zou het geweldig vinden als je meeging. Zoveel hebben Ewout en ik elkaar niet meer te zeggen. Dat kennen jij en Liesbeth toch ook? Ik bedoel, het meeste is na een kwart eeuw huwelijk wel besproken.'

Die opmerking veroorzaakte een onaangename gêne. Alsof ik Ewout door deze uitspraak meer ontrouw was dan door de fysieke naaktheid van mijn lichaam tegen dat van zijn vriend.

Peter gleed met zijn hand langs mijn rug naar beneden. 'En hoe zie je dat voor je? Gezellig met zijn viertjes in een huisje? Een appartement?'

Ik had geen idee hoe we het met elkaar zouden moeten organiseren, als het al mogelijk was. Ik wist alleen zeker dat ik het wilde. Ik had zijn halfstijve geslacht op mijn hand gewogen, mijn vingers eromheen gevouwen en een beetje druk uitgeoefend.

Ik was dat jaar achtenveertig geworden, maar door hem voelde ik me opnieuw achttien. De hele wereld kon ik aan. Ik stopte zelfs met klagen tegen Liesbeth over opvliegers en hormonale buien. Feitelijk had ik in haar man mijn nieuwe vriendin gevonden. De overweldigende seksuele opwinding die ik door onze geheime ontmoetingen voelde, overvleugelde iedere gedachte aan overspel en schuld. Ik vond dat ik recht had op deze – waarschijnlijk allerlaatste – opleving. Het was een soort fysieke Indian summer, onverwacht en kleurrijk. Ik hield mezelf voor dat de overgang een gemene, onoverkomelijke fase was waar je maar beter iets krachtigs tegenover kon zetten. Peter vormde als minnaar het perfecte tegenwicht. Ik realiseerde me heus wel dat ik zowel mijn huwelijk als mijn vriendschap met Liesbeth op het spel zette, maar mijn driften waren sterker. Ik had mezelf niet in de hand. Mijn hormonen hadden de zaak eenvoudigweg overgenomen.

Het plan om de vakantie met zijn vieren door te brengen was met succes in werking gezet en uitgevoerd. De overtocht had niet lang geduurd, maar lang genoeg om Peter in een verborgen hoek te verleiden tot een levensgevaarlijk vluggertje, dicht in de buurt van bonkende motoren.

Peters brekende stem haalt me terug naar zijn gestalte achter de katheder. Naar het bonzen van mijn hart en de realiteit van de kist. En de kinderen naast me. Het verdriet van de kinderen is haast ondraaglijk. Dat ik hiervan misschien de oorzaak ben beneemt me de adem. De aula zit vol mensen die zijn gekomen om afscheid te nemen en ons te troosten. Vooral mij, Olga. De bedroefde weduwe. De leugenachtige, overspelige weduwe. De welgestelde weduwe – want godzijdank laat Ewout me achter zonder financiële zorgen. Maar wat had ik het graag anders gehad.

Maandag 15 mei

Ewout

'Kom, ma, we gaan naar buiten. Een eindje rijden. Zo, eerst deze arm. Ja, heel goed. En nu de andere. Knopen dicht, kraag omhoog. Gek hè, dat ik er alweer ben. Zomaar op een doordeweekse ochtend. Ga je nu al in slaap vallen? Kijk, de deuren zwaaien vanzelf voor ons open. Vroeger duwde je mij in de wandelwagen, nu wandel ik met jou in de rolstoel. Ik moet je wat vertellen. Ik weet niemand anders naar wie ik toe kan gaan en jij luistert tenminste zonder vragen te stellen. Eigenlijk ben je een soort levend dagboek waar ik alles aan kwijt kan, net als Celia vroeger aan haar pony. Laat je voet eens op de steun staan. Hopla. Zit je zo weer goed?'

'*In de rij. Handen vast. Neenee, twee aan twee. Wat staan jullie daar te staren?*'

'Het zijn de dennenbomen, ma, die ken je toch wel? We kunnen er gewoon langs.'

Is het hier door de week altijd zo leeg en stil? Zelfs bij de eendenvijver is niemand. Laten we het grote rondje maar doen, ik heb alle tijd van de wereld.

'Hoor, de kerkklok, dat vind je toch altijd zo'n mooi geluid? Sorry dat ik af en toe wat snotter, ik ben op. Vannacht heb ik voor het eerst in de logeerkamer gelegen. Olga gaat vreemd. Nou ja, vreemd... Ze heeft een verhouding. Met Peter nota bene! Ze doen het al meer dan een jaar met elkaar. Overal, in Engeland, in het bos, in hotels. De klootzak! Als ze het maar niet bij ons thuis hebben gedaan. En Olga maar huilen toen ze het opbiechtte. Als er iemand reden heeft om te huilen, dan ben ik het toch zeker. Begrijp je, ma? Nee, natuurlijk niet, maar ik moet het kwijt. Kom, we gaan rechtsaf, langs de rozenhaag. Hobbelt dit niet te veel voor je? Hij heeft haar vorige week in het bos ge... Ach, wat maakt het uit: genéúkt. Tegen een boom. Als beesten. En dat vertelde ze mij gisteravond allemaal doodleuk. We gaan even zitten, ma, bij het bankje. Waarom zak je toch de hele tijd scheef? Kom, leg je arm op de leuning. Als we brood mee hadden genomen, dan hadden we de eendjes kunnen voeren.'

Wie denkt er nu in godsnaam aan eendjes voeren? Ik heb zelf niet eens ontbeten. Ik word gek. Ik kan aan niets anders meer denken. Porno, oké, maar Olga met haar rok omhoog tegen een boom? Nee. Stel je voor, mijn eigen vrouw. Met haar witte billen, en Peter achter haar. Wat heeft hij dat ik niet heb?

'Heb ik ooit eerder bij je uitgehuild, ma? Een dezer dagen staan er schuldeisers en deurwaarders op de stoep. Het spel is uit, de hele zaak is ontploft. Ik schaam me kapot dat ik fout heb gegokt met dat piramidespel. Alles ben ik kwijt, ik heb alleen nog maar torenhoge schulden. Je stoere zoon is compleet gesloopt, ma. En dan nu dit met Olga en Peter. Zelfs in Engeland deden ze het met elkaar. Liesbeth en ik dachten dat ze zo graag wandelden. Nu snap ik waarom Peter bij een hardloopgroepje is gegaan en Olga op al die cursussen. Niets dan dekmantels. Ha, hoor je de woord-speling? Hier ma, neem maar een slokje water. Wat ben je toch een knoeipot. Kijk, mijn zakdoek is niet meer droog maar wel schoon. Mag ik eventjes mijn hoofd op je schouder leggen? Heel even. Ja, zo. Ik hoor je hartslag. Snurk je nou? Straks ga ik Lies-beth een brief schrijven. Ik zal haar alles vertellen. Dat haar man met haar beste vriendin vreemdgaat in hotelkamers en tegen bo-men. Dat ik alles kwijt ben. De zaak, het huis. Olga. Voor jou geeft het niet, ma, jij bent hier veilig. Maar de kinderen...'

Even in haar zakken rommelen, misschien heeft ze ergens papieren zakdoekjes. Dan maar aan de mouw van mijn trui, ze weet het toch niet meer. Ach, ik kan net zo goed haar mouw ge-bruiken.

'Geef me je hand eens. Zo, tegen mijn wang. Wat brabbel je allemaal? Ik versta je niet. Lekker zacht is je handpalm, en warm. Ik aai me met jouw hand. Dat natte wat je voelt zijn tra-nen, ma. Nattigheid. Ik had nattigheid moeten voelen. Ach, je valt alweer in slaap.

Ze krijgen allemaal een brief. Peter dat zijn bedrog onver-geeflijk is. Olga dat... Bah, je kwijlt. Kom, ik zet je weer even goed rechtop.'

'*Rechtop! Armen over elkaar. Vingers omhoog wie het weet.*'

Dat was fijn, even dicht tegen haar aan zitten. Olga zal ver-bijsterd zijn. Zij zal zich nóg schuldiger voelen dan dat ik me schaam.

Peter zal zich flink zorgen maken over zijn geheim. Dat het uitkomt. Hij zal een ander moeten zoeken om te neuken. Lies-beth wil al heel lang niet meer. Dat soort dingen vertelt hij mij, mijn zogenaamde beste vriend.

'Ik leg je hoofd even de andere kant op, zo, en je sjaal wat los-ser. Pluk niet de hele tijd zo aan je vingers, ma. Ik word er gek van, speel maar even met de franjes van je sjaal. Tjonge, wat een zucht.'

'*Een in de hand en een in de lucht.*'

Frank en Celia. Dat is het ergst, de kinderen... Ze mogen me zo niet zien. Hun vader een loser. Failliet en bedrogen. Dieper kan ik niet zinken. Maar ze zijn volwassen. Ze redden zich wel, ook zonder mij. Denk ik. Hoop ik. Ik leen nog een keertje haar mouw. Het wordt fris. Ik breng haar terug.

'Had jij dat ook toen je in de overgang was, ma, een tweede seksuele lente? Dat is Olga's verklaring. Het is toch om je te bescheuren? Wat een goedkoop excuus om buiten de deur te neuken. Hoe dan ook, overspel verdraag ik niet. Ik kan er niet tegen, ma. Ik ben geen loser, nooit geweest, dat weet je toch. Kijk, de deuren zwaaien weer voor ons open.'

'Mevrouw, waar is de post? Ik verwacht een brief. Is de post er al? Wie bent u?'

'Mevrouw vraagt of het fijn was, ma.'

'Fijn, fijn, heel goed, een tien. Wie niet weg is is gezien.'

'Ja hoor, het was een fijne wandeling. Kom ma, we gaan naar je kamer. Zo, daar zijn we. Je sjaal. Knopen los, de linkermouw, even achter je langs. Sla je armen maar om me heen. Een, twee, drie, daar ga je. Zit je lekker zo? Ik doe de tv voor je aan. Wil je die dvd met het haardvuur? Ik zal vragen of ze koffie op je kamer brengen.'

Ik snak naar een borrel. Die brieven schrijf ik wel ergens in een café. Ik stop ze samen in een envelop, met een briefje erbij voor mijn secretaresse. Christa is eind deze week terug van vakantie. Zij zal ervoor zorgen dat de brieven bezorgd worden. Nee, dat is té erg. Eerwraak dan? Peter te lijf gaan met een golfstick? Hole in one!

Rustig, jongen. Misschien moest je maar even helemaal niks doen. Stoppen nu. Eerst een flinke bel Laphroaig. Nog één keer haar hand zacht tegen mijn wang.

'Ma, ik moet nu weg.'

'Weg. Wie niet weg is is gezien. Koekoek.'

'Inderdaad, koekoek. Op een dag worden we allemaal uit het nest geduwd. Wat ben je toch klein en broos in die grote stoel.'

'*Wat een grote ogen! Wat een grote mond!*'

'Daar kan ik je een zoen mee geven. Hier, op je wang.'

Nu een borrel. Nadenken. Wat zit ze nou naar me te kijken? Ik zou zweren dat ze iets begrijpt. Weg hier.

'Dag ma. Ik hou van je.'

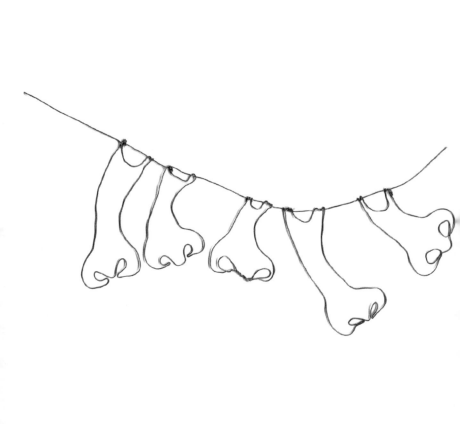

Zo ruikt het leven

'Mag ik bij omie in bed?'

De kleine handjes van Jelmer trekken aan mijn rok. Mijn oma hoort zijn vraag en knikt met een behoedzame beweging van haar hoofd.

Ik buk me om mijn zoontje op te pakken. 'Eventjes dan. En rustig blijven zitten, want als je te veel beweegt doe je omie pijn.' Met een voorzichtige zwaai zet ik hem op de rand van het ziekenhuisbed.

Oma's hand schuift langzaam over de sprei naar de mollige, blote beentjes. Onder haar vel kronkelen gezwollen aders, het contrast met Jelmers kinderhuid is beangstigend. Terwijl ze over zijn beentje strijkt, verzacht haar gezicht. Een flauwe glimlach krult haar mondhoeken. Mijn ogen prikken als ik zie hoe ze met moeite kracht verzamelt om te kunnen spreken.

'Kom je even naast omie liggen, lieverd?'

Ik schrik van haar vraag, voorzie wild trappende beentjes tegen haar pijnlijke buik. 'Weet je het zeker, oma?'

Opnieuw dat uiterst trage knikje.

Ik pak Jelmer bij zijn middel en schuif hem naast haar. 'Voorzichtig, hoor.'

Hij nestelt zich tegen haar borst en stopt zijn duim in zijn mond. Oma's gezicht vertrekt even, dan sluit ze haar ogen en duwt ze haar neus in zijn haren. Zo blijft ze liggen. Nauwelijks hoorbaar snuift ze zijn geur op. Aan haar manier van ademen hoor ik dat ze opnieuw iets gaat zeggen. Ze fluistert. 'Zomer-kind... het gras gemaaid... warme kapjes brood... lakens in de wind... babynekje...' Ze legt haar mond op de blonde haren van haar achterkleinkind.

Ik veeg heel zacht de tranen van haar wangen, droog dan mijn eigen ogen. 'We moeten gaan. Tot morgen, oma.' Ik neem Jelmer op mijn arm, verstop mijn neus en mijn verdriet in het geurige kuiltje achter in zijn nek. We zwaaien nog een laatste keer in de deuropening.

'Dag omie de pomie.'

De volgende dag lijkt ze iets helderder. Arnoud heeft oma in een rolstoel geholpen, Jelmer mocht, heel voorzichtig, even op haar schoot. Nu zijn ze met zijn drieën naar het restaurant be-neden. Oma wilde trakteren. 'Nu het nog kan', zei ze.

Ik trek met grote halen de lakens van het bed en gooi ze in de hoek. Het kussensloop en de onderlegger belanden boven op de hoop. Ik rits de grote tas open en haal de zachte, gebloemde la-kens, het kussen met bijpassende sloop en een dunne sprei te-voorschijn. Ik ben gisteravond naar oma's huis gefietst en heb ze daar uit haar linnenkast gehaald. Vannacht zaten ze in de wasmachine en vandaag heb ik ze buiten laten drogen. Zorg-vuldig maak ik nu het bed op, ik strijk ieder vouwtje glad.

Daar zijn ze weer. Oma zit met gebogen hoofd in de rolstoel, haar handen liggen gevouwen in haar schoot. Jelmer houdt zich vast aan Arnouds broekspijp en likt aan een enorme knalro-de lolly.

Arnoud rijdt de rolstoel tot vlak naast het bed. Oma tilt haar hoofd op, haar neusvleugels bewegen. Arnoud helpt haar uit haar ochtendjas en legt zijn ene arm onder haar bovenbenen en de andere om haar schouders. Zo tilt hij haar op het bed.

Ik leg het laken over haar heen. Haar vingertoppen strijken heen en weer over de versleten stof.

'Ach kind, heb jij dat gedaan?' Het is doodstil in de kamer. Hoog, heel hoog trekt ze het laken, tot aan haar neus. Dan sluit ze haar ogen. 'Ja, zo ruikt het leven.'

Morgen breng ik haar versgebakken brood.

En plukken gras met aarde. Citroenlimonade. Kaneelkoekjes en het tafelkleedje van de eettafel. Fresia's en het fotoalbum met de muffe bladzijden.

'Hier, omie. Wil je een likje?'

Arnoud tilt Jelmer op, de lolly steekt fel af tegen al die lichte kleuren. Oma mag beslist geen suiker, maar ik zwijg als ze haar hand uitsteekt. Verlekkerd haalt ze haar tong langs de glanzende, rode schijf.

Met iedere lik lijken jaren weg te smelten. Tot ze op een wonderlijke manier precies lijkt op het vierjarige kind dat Jelmer is. Het kleine meisje dat ze lang geleden moet zijn geweest, het meisje dat ik van een enkele foto uit het familiealbum ken.

Het ontroert me, te weten dat het kind dat we ooit waren, opgeborgen en vergeten, ergens in ons slaapt.

Ik pak Arnouds hand en hou mijn adem in.

'Omie duimt, mam! Omie is een baby!'

Ze is in slaap gevallen. Jelmer buigt zich voorover en grist de lolly uit haar hand.

'Stil Jelmer, omie slaapt', zeg ik, terwijl ik hem optil. 'Wij gaan, kom.'

Als ik een kus op haar voorhoofd druk, ruik ik haar zoete adem.

De illustraties bij de verhalen in deze bundel zijn gemaakt door Yoko Heiligers (1983), dochter van Rita Spijker. Als jong kind schreef Yoko op een tekening de tekst: 'vor de alerlievste moeder die ik oojt ken'. Dat deze zin twintig jaar later aanleiding is tot het maken van dit boek, vervult hen beiden met trots. Yoko heeft tien bijzondere illustraties van ijzerdraad gemaakt bij de verhalen van Rita.

Yoko Heiligers is opgeleid aan de ArtEZ Hogeschool voor de Kunsten te Zwolle. Naast illustraties maakt zij beeldend theater, installaties en (animatie)films. Haar werk kenmerkt zich door een combinatie van poëzie, humor en vervreemding.

www.yokoheiligers.nl
www.pelons.nl

Lees ook de andere boeken van Rita Spijker

RITA SPIJKER
Hemelkind

Een vrouw, drie mannen, één belofte.

Hemelkind vertelt over opgroeien in eenzaamheid, de impact van een belofte aan een stervende vader en over volwassen worden.

Als haar vader sterft zegt Moon haar leven in de stad vaarwel en keert terug naar de hoeve waar ze is opgegroeid. Daar rouwt ze om de dood van haar ouders, dwaalt verloren door de schimmige wereld van haar kindertijd en worstelt met de grote belofte die ze heeft gedaan. Dan verschijnen de mannen op de hoeve. Eerst haar neef Henk, gevolgd door theaterregisseur Ties en lichttechnicus Chalid. Moon ontdekt haar seksualiteit en raakt verstrikt in haar gevoelens voor de mannen, de dwingende stem van haar dode moeder en de belofte aan haar vader.

Hemelkind is een intrigerende en sensuele roman; het is een verhaal over beloftes en schuld – en over het vinden van je eigen weg als je opgroeit.

Lezeressen over Hemelkind:

'Een bijzonder mooi en ontroerend geschreven boek, waarin je jezelf kunt herkennen...'

'Wat heb ik genoten van Hemelkind! Prachtig boek, haar beste tot nu toe.'

Hemelkind

Paperback, 256 pagina's
€ 10,-
ISBN 978 94 6068 017 5

RITA SPIJKER

Tussen zussen

ROMAN

Tussen zussen vertelt over vier vrouwen die op een kruispunt in hun leven staan. Renate, de oudste, is gescheiden en heeft als halfzus nog steeds een moeizame relatie met de familie. Haar stiefvader heeft ze nooit kunnen accepteren. Marit, zo gelukkig met haar eigen gezin, krijgt te maken met het overspel van haar man. Tessa is de vrijgevochten kunstenares die tegen de grenzen van haar vrijheid oploopt. Jongste zus Anne moet, om te herstellen van een burnout, een traumatische jeugdervaring onder ogen zien.

Het naderende verjaardagsfeest van hun moeder zet het leven van de vier zussen op scherp. Ze worden gedwongen stil te staan bij hun onderlinge band en ieders plek in het gezin.

Lezeressen over *Tussen Zussen*:

'*Wat een prachtig meeslepend verhaal! Het pakt je gelijk bij de keel om je niet meer los te laten.*'

'*Een geweldig boek, mooi geschreven en heel meeslepend!!*'

'*Leest heerlijk weg, en je voelt je erg verbonden met de vrouwen.*'

Tussen zussen

Paperback, 320 pagina's
€ 10,-
ISBN 978 94 6068 016 8

RITA SPIJKER
Kreukherstellend

ROMAN M

Esmee is een getrouwde vrouw, die niet weet hoe ze de leegte in haar leven moet vullen nadat haar zoon en dochter op kamers zijn gaan wonen. Ze zoekt haar heil bij vriendinnen, in spirituele groeigroepen en in seksuele escapades.

Na een fitnesstraining vindt ze een dagboek en neemt het mee. Ze twijfelt, gaat toch lezen en herkent zichzelf in de beschreven thema's: liefde, leugens, moederschap en dood.

Esmee wordt hierdoor onherroepelijk geconfronteerd met haar eigen verleden. Ze gaat alleen op reis en dwingt zichzelf de waarheid onder ogen te zien.

Lezeressen over *Kreukherstellend*:

'Heerlijk om weer een boek te lezen dat zich niet weg laat leggen.'

'Hopelijk volgen er nog meer mooie verhalen, boeken van Rita Spijker!'

'Het boek liet me lachen, huilen én zuchten van herkenning.'

Kreukherstellend

Paperback, 224 pagina's
€ 10,-
ISBN 978 94 6068 015 1

Colofon

© 2010 Rita Spijker en Uitgeverij Marmer·

Redactie: Maaike Molhuysen
Eindredactie: Karin Dienaar
Illustraties: Yoko Heiligers
Omslagontwerp: Riesenkind
Omslagillustratie: Harald Eisenberger, Getty Images
Zetwerk: V3-Services
Druk: Hooiberg|Haasbeek

Eerste druk april 2010

ISBN   978 94 6068 014 4
NUR   303

Verspreiding in België via Van Halewyck, Diestsesteenweg 71a, 3010 Leuven,
België. www.vanhalewyck.be

Uitgeverij Marmer
De Botter 1
3742 GA BAARN
T: +31 649881429
I: www.uitgeverijmarmer.nl
E: info@uitgeverijmarmer.nl

www.ritaspijker.nl